即使结婚了，依然要热恋呀！

（日）shin5　著　　王熙威　译

四川文艺出版社

图书在版编目（CIP）数据

即使结婚了，依然要热恋呀！/（日）shin5 著；王熙威译.
—成都：四川文艺出版社，2020.8
ISBN 978-7-5411-5575-8

Ⅰ．①即… Ⅱ．①s… ②王… Ⅲ．①中篇小说—日本
—现代 Ⅳ．①I313.45

中国版本图书馆 CIP 数据核字（2020）第 045307 号

著作权合同登记号 图进字：21－2019－607

KEKKON SHITEMO KOI SHITERU BOKU TACHI NO 10 NENKAN
©shin5 2017
First published in Japan in 2017 by KADOKAWA CORPORATION，Tokyo. Simplified
Chinese translation rights arranged with KADOKAWA CORPORATION，Tokyo through
The Copyright Agency of China.

JISHI JIEHUNLE YIRANYAO RELIANYA

即使结婚了，依然要热恋呀！

（日）shin5 著 王熙威 译

出 品 人 张庆宁
责任编辑 谢雯婷 叶 驰
封面设计 赵海月
内文设计 史小燕
责任校对 段 敏
责任印制 崔 娜

出版发行 四川文艺出版社（成都市槐树街2号）
网 址 www.scwys.com
电 话 028-86259287（发行部） 028-86259303（编辑部）
传 真 028-86259306

邮购地址 成都市槐树街2号四川文艺出版社邮购部 610031
排 版 四川胜翔数码印务设计有限公司
印 刷 成都蜀通印务有限责任公司
成品尺寸 130 mm×185 mm 开 本 32开
印 张 6.75 字 数 100千
版 次 2020年8月第一版 印 次 2020年8月第一次印刷
书 号 ISBN 978-7-5411-5575-8
定 价 39.80元

我想一直和你这样幸福地生活下去。

—— shin5

Chapter 1

相遇——家庭的起源

2007.6

在我的世界里，最重要的，就是家庭。

您一定会嘲笑我这么老套的回答吧。您一定会问，作为一个男人，怎能如此呢？

但是，即使您这么想，事实就是事实，我也没办法。

任何家庭，都有着属于自己的起源，对于我的家庭来说，所谓的起源正是那一天。

十年前，当时我二十二岁，大学读了三年就退了学，并作为一名系统工程师进入了公司。那时的我，只是一名初出茅庐的年轻员工。

早间新闻里，播音员用略带遗憾的口吻告诉大家，东京开始进入梅雨季节。看了未来一周的天气预报，我的心情变得更加郁闷了。走上社会后，我越发讨厌下雨了。当皮鞋与西服被雨水打湿，我就会觉得连内心也变得沉重了。

到了公司，裤腿果然还是被雨水打湿了，我用手绢胡乱擦拭了一番后，回到了工位上。昨晚下班前明明收拾得干干净净的工位，现在却胡乱堆满了各种留言字条和文件。我一边确认这些文件和字条，一边在脑子里建构着今天的计划。在这堆东西的最下面，压着一张印有大大的"联谊会出席确认"字样的打印纸。我确实听说过最近要有一次大规模的聚会，还听说好多部门的人都要参加来着。我有些犹豫，便用可擦写圆珠笔①画上了一个"△"。因为考虑到最近的工作量，我恐怕是很难在聚会开始前赶到了。我

———————

① 日本 PILOT 公司出品的可擦写圆珠笔，利用特殊墨水在高温下可以分解的原理，通过圆珠笔尾部的塑料部分摩擦纸面生热，达到擦写效果。

觉得即使不能去也没关系，能去的话，晚点儿到也是可以的。

联谊会当天，果然和想象的一样，加完班后，我急匆匆地赶向聚会地点。到了指定的居酒屋，当自动门打开的一瞬间，一种明显属于公司聚会的喧闹声扑面而来。推开店员给我指向的里侧单间的滑门，映入眼帘的是五六十人的嘈杂与喧闹。我运气不错，在长条桌子的一端找到了空位。周围有好几个认识的人，于是我弯下腰问道："我能坐在这里吗？""工作辛苦啦！喝啤酒可以吗？"面对这样的声音，我满面笑容地答道："多谢多谢！"我一边用湿毛巾擦着手，一边漫无目的地环顾着四周的人。在我的正对面，有一位从未谋面的女士正在和别人说着话。白色的齐膝长伞裙，自然而然地带给人一种白领女性的感觉。直觉上，我感觉她的年龄应该比我小。

我要的扎啤上来了，可能是意识到了这一点，她一下子转过了头：

"啊，您也辛苦啦！"

她边轻轻点头边笑着对我说，齐肩的头发轻轻地飘舞了起来。面对第一次见面的男性，她的目光显得那么率直与清澈。我的心脏发出了巨大的跳动声。

她从侧面看过去给人一种稚嫩的感觉，但从正面看过去，比起"可爱"，用"靓丽"一词去形容似乎更加贴切。

她与周围的几个人一起为我干杯。仔细一看，她喝的不是酒，而是乌龙茶。

"工作方面，没有问题吧？您在哪个部门工作啊？"

从她的问题中，我能感受到她对我的关心。我沉稳地做了自我介绍。

"这么说来，您是在八层工作喽？我在会计部门工作，办公地点在六层。"

"难道您的上司是××先生？"

"对对，是他！"

"我知道他哟，他和我老板一起讨论过预算的问题。"

"啊？真的吗？"我们只是单纯地闲聊着公司内的杂事儿，但是感觉话总也说不完，新鲜的话题总是不断冒出来。

我觉得和她聊多长时间都不会厌烦。

我又叫了一杯啤酒后，中断了和她的聊天，独自走向洗手间。远离了店内的喧闹，独自一人待在洗手间里的我，感到自己心脏的位置和以往有些不同，好像一下子被提起来了。这种感觉仿佛让人窒息，想迫不及待地向外宣泄出来。从厕所回来后，坐在别的位子上的关系不错的同事们招呼我道："喂！怎么来得这么晚！"我绕道走到同事们周围，弯腰坐了下去。这时，我想起刚才挂在椅子背上的夹克里还放着手机。"稍等，我去取一下手机。"说着，我返回了刚才的座位。比起手机，我其实最先寻找的是她的身影。"可能已经回家了吧。"我并没有在刚才的坐垫那里①发现她的身影。

就在这时候，电灯忽然熄灭了，座席周围一下子陷入了黑暗。

---

① 作者去的日式小酒吧（居酒屋）应为榻榻米座席，有一个靠背椅子和坐垫，人盘腿坐在坐垫上。

"啊?""怎么了? 怎么了?""这是怎么了?"周围稀稀拉拉地响起了人们的躁动声。

"是不是有人过生日啊?"周围有人这样猜测。我盯着桌上小火锅锅底闪着青光的蜡烛燃料,心中也抱着同样的想法。过了好一段儿时间,什么都没有发生。走廊里的灯还亮着,应该不是停电……当我这样琢磨着的时候,突然,我感觉有东西"啪"的一下放到了我的掌心里。当感觉到这是一只比我的手小一圈儿的手时,我本能地将它一下子握住了。就在这时,房间一下子亮了起来,在瞬间清晰起来的视线里,我惊奇地发现,我手心里握着的,正是刚才那位女性白皙柔软的手。

她仿佛刚刚跟跄了一下,正以一个不自然的姿势向上盯着我的双眼。

"您,您没事吧?"

"嗯,没事! 对不起啦。"

她的手温度略低,握在手里让人感觉特别舒服。这时我才想起周围还有别人,慌忙地将手松开了。

此时，我才突然意识到，我想来找的其实不是夹克兜里的手机，而是她。我还有好多好多话想和她说。

"找到手机了吗?"和我关系不错的同事这时拿着扎啤杯特意过来找我了。

"找到了! 我这就过去!"我一边追上同事，一边回头对她说：

"我先过去那边一下，如果方便的话，一会儿我们再聊。"

她的眼睛一瞬间睁得圆圆的，随即满面含春地对我说："嗯! 一定!"

聚会是两小时"时限制"① 的，因为我本来就迟到了，所以没过多久聚会就结束了。我拨开喝得满面通红、步履蹒跚的同事们，朝着她走过去。正好她在穿鞋②，我抓住这个时机对她说道：

_____

① 日本的餐厅很多时候都有时限，到时必须散场，将位子让给下一拨客人。
② 日式榻榻米酒店走到单间内需要脱鞋。

"今天辛苦了!"

她盯着我的眼睛，脸上浮现出亲切的笑容："啊，您也辛苦啦!"

"酒，您一点儿没喝吧?"

"是啊。但是，我是那种即使不喝酒也能享受聚会快乐的人!"

"真不错! 下次再有聚会，我还想和您继续聊天。"

我努力地抑制着自己的心跳，竭尽全力直白地说出了心声。

"好啊! 那么，到那个时候，我们再聊!"

她"啪"的一声扣上高跟鞋带上的金属扣，向我低头轻施一礼，朝着出口走了过去。我盯着她的背影看了一会儿，自己也穿上了一只鞋。

Chapter 2

公司内上网聊天

2007. 7

昨天夜里睡眠质量很差。

在浅睡时，我做了一个梦。梦里，我在鞋店里拼命寻找着高跟鞋。醒来时我才意识到，我找的正是她脚上穿的那双鞋。

第二天清晨，我比平时都要早地到了公司。打开电脑后，我离开位子去找点儿喝的东西，在和同事闲聊了几句回来后，电脑画面上显示着一个聊天申请的窗口。

我所在公司的电脑里安装了公司内聊天软件，员工们无论因公还是因私，都在用它进行聊天。

随意点了一下申请窗口的我，心跳好像突然停止了——是来自昨天的那个女孩儿的申请。

我喝了一口刚刚买来的冰咖啡，将双手放在键盘上。

"昨天辛苦了！多谢您的聊天申请！"

"您也辛苦啦！请多多关照。"

聊天软件，太棒了！公司啊，谢谢你给我们准备的现代文明利器！

两三天后，我收到了来自她的聊天信息。

"今天，大家约好一起去吃午饭，方便的话您也一起来吧?"

"没问题，我一定去!"

12点多，在公司大堂门口，包括我和她在内的三男三女集合在了一起。

"哎?怎么那么像相亲会啊?"大家都笑着说。但是所有人内心都意识到了这一点，因此特意选了一家公司附近氛围很好的店。为了避免气氛尴尬，我一边动着刀叉，一边尽可能地环顾所有人的眼睛说着话。

也正因为如此，我才意识到，我最容易搭上话的还是她，而对我的话最感兴趣的也是她。与此同时，我心中也默默地希望，她也是如此看待我的。

大家"集体约会"的事情，对于我俩来说，这是第一次，也是最后一次。从那之后，她一上班，肯定会通过聊天软件和我打招呼。

"早上好！今天是月底结算的日子，肯定会很忙。"

"早上好！今天一直到下午，我都会在外面跑客户！我先出门啦！"

傍晚，我拖着疲惫的身躯回到公司，看到桌上贴着一张便笺纸。

"今天辛苦啦，不要太勉强自己哦。"

便笺上没有写着送信人的名字，但是，通过那整齐干净的文字，我一下子就想到了这是谁留给我的。我直接问旁边工位上的同事这是谁写的。

"啊……谁呢？刚才，佐佐木小姐倒是从旁边经过了一下。"

果然，我听到了她的名字。

"那个人看起来还是那么年轻啊。"

"这么说来，佐佐木小姐今年多大了啊？"

这时我才第一次知道，她是一位比我年长六岁的前辈。

对于现在已经三十多岁的我来说，这个年龄差距也许不算什么，但是对于当时一个还不到二十五岁的人来说，这个差距就显得过大了。兴趣爱好什么的，总有一些微妙的差距吧。一开始还以为她只是别的部门的新员工呢，我一边这么想着，一边把便笺纸夹在了员工卡的后面。

"工作辛苦啦！今天中午特别想吃米饭（笑）。您知道附近哪儿有好吃的日式餐厅吗？"

"有一家叫作'满月'的日式咖喱饭餐厅环境很不错。我也正好想去那里吃了。"

"那我们一会儿就在'满月'见吧！"

"午休铃一响，我马上就去，先占个位子。"

"辛苦啦！今天也会到很晚吧？我差不多准备回家啦。"

"今天您也辛苦啦！我再发一封邮件也差不多就能下班了。"

"那么，我慢慢地走向车站吧。"

"好！我马上就能追过去。"

她发来的聊天信息总是看着那么舒服。我们从一起随便约着去店里吃个午饭，没过多长时间，就发展到了一起约着下班回家。

我们俩在公司内偶然遇上的机会也增加了，这甚至让我对"我俩之前完全不认识"这点感到了惊奇。她的工位在六层，我的在八层，但是有时电梯门一打开，就会发现她正站在里面。我们偶尔也会在七层的自动贩售机前不期而遇。每当这个时候，我的心跳就会加速。

如果没有那次公司聚会，我们现在也许彼此还只是陌生人吧。关于这一点，我越想越觉得不可思议。

"今天确定要加班了……我先去自动贩售机买杯茶回来，我先下线了哈。"

"啊，我也想去买东西呢，不如去便利店怎样?"

"OK! 那我们一层见!"

不巧的是，这时有电话打了进来。挂了电话后，我感觉肯定让她久等了，赶忙从八层坐电梯下楼。电梯到了六层时停了下来，门打开后，她就站在门口。楼里的电梯可是有六部之多呢。

"我猜对了! 我就觉得您肯定会坐这部电梯呢!"

她得意地笑着，按下电梯一层的按钮后，站在我旁边。

我们去了公司大楼一层的便利店，买了瓶装的茶饮料后就返回了工位。即便只是如此，我也感觉到自己是那么幸福。

从上班到下班，我总是下意识地去寻觅着她的身影。就这样日复一日，我渐渐发现了一件事情。

每天公司响起下班铃后，她肯定马上飞一般地跑出公司。我虽然不知道具体原因，但是总觉得有些奇怪。

　莫非她已经有孩子了?

　就在这时,因为我交上去的报表有问题,会计部门的人特意来工位上找我。在公司会议区,我在报表上盖上订正章后,向对方道歉道:

　"对不起,我以后会注意的。"

　"没事儿。其实我也没注意到这个问题,是一位叫作佐佐木的同事注意到的。"

　突如其来的名字,让我的心怦地一跳。我一面担心脸上变了颜色,一面问对方道:

　"佐佐木是一位女士吧? 皮肤很白,留着齐肩短发。"

　"对,对,她是一位非常优秀的人哦。"

　我轻轻地咽了一口唾沫,继续问道:

　"是一位很漂亮的女士呢,她结婚了吗?"

　"我听说她已经有孩子了。"

　果然是这样吗? 这么想也是。不过,她倒是没戴着结婚戒指。

　我被一种之前从未有过的感觉包围着。这不是失恋,也不是惊愕，更不是失望。我觉得可能根本就找不出一个能形容此时我的心情的词语吧。

"辛苦啦！我差不多该收拾收拾下班了哦。"

"今天您也辛苦啦！我今天晚上要陪客户吃饭，我会加油的!"

"这样啊，加油哦!"

第二天早上，我的桌子上贴着一张便笺纸。

"注意别喝太多酒哦!"

又过了几天，我接到了公司聚会的邀请。这次比上次人数要少很多，参加者是8位经常一起吃午饭的好朋友。因为看到里面有她的名字，我也决定去参加。

聚会当天，我异于往常，显得非常亢奋。

我当天觉得自己喝啤酒的速度都快于往常。周围的人也都意识到了这点，纷纷对我说："喂，哥们儿你没事儿吧?"正在我喝得起劲儿时，店里的鸡尾酒表演开始了，餐桌周围的灯光一下子暗了下来。我当时已经喝得酩酊大醉，和周围一位同一届进公司的、关系不错的女同事嗨了起来。在我模模糊糊的记忆中，当时好像一边看表演，一边用手搂着她的腰……

当时烂醉如泥的我，事后完全没有了记忆。更加不幸的是，当时我搂着的那位女同事，是全公司公认的第一美女。

理所当然，佐佐木也看到了我当时的丑态。

第二天早上，我收到了她发来的信息。

"昨天辛苦啦，喝了不少酒呢。还记得昨天的事儿吗？"

"早上好！昨天辛苦啦！昨天确实喝多了，现在还有点儿不舒服呢。"

"果然是这样……那之后自己回的家吗？看那个阵势，你们又去了第二家喝吧？"

"哪有，我之后就回家了。真的喝了不少酒（笑）。"

"这样啊，我还以为你肯定和××小姐又去喝了呢。"

"啊？什么意思？"

“昨天店里的演出，你不是一边搂着××小姐的腰一边看的吗?”

“……骗人的吧? 不会吧?!”

“您不记得了?”

“不记得了……我得去和××小姐道个歉才行啊。”

她没再给我回信息。

在那之后大约有一个星期吧，我再也没收到来自佐佐木的聊天信息。即使我给她发信息，她也不回。以前我们约好每周三天一起去吃午餐的，她也没有赴约。我彻彻底底地感受到了她的愤怒。这也算是我“罪有应得”吧。因此，即使她不回信，我也在工作之余抽空发一些并没有什么实际意义的信息给她。

隔周的周四，她终于答应和我共进午餐了。我怀着些许紧张的心情，从八层踏入了电梯。当天，并没有在电梯上遇到她。我尽量克制着逐渐强烈起来的紧张感，走向约定见面的餐厅。

“好久不见。”

她向我挥着手，表情有一种说不出来的僵硬。她那天没有点平时常点的 C 套餐，而是选择了 A 套餐。说话时，她基本不怎么直视我的眼睛。

"那之后和××小姐道歉了没有？"她单刀直入地问我。

"没有……实际上我连联系也没有联系过她。"我挠着头道。

"这样可不行啊。"

语气虽然给人一种居高临下的感觉，但是我可以看得出来，一种安心的神色在她脸上蔓延开来。

"嗯……但是我们俩之间真的什么都没有，我其实觉得连联系她的必要都没有。"

"真的吗？"她把盛满水的玻璃杯放在了唇边。

"……这么说，您现在没有经常联系的女孩子喽？"

"没有啊，再说我也没有什么喜欢的人。"

"……哼。"

我觉得她这是在向我确认着什么。与此同时，她应该对我那天的丑态十分在意。我的心中顿时充满了一种罪恶感。

那天，这件事就算这么了结了，但是，之后还有后续的插曲。

在和她正式交往半年后，我们开始了半同居的生活。有一天我陪客户喝完酒，醉醺醺地回到家后，她突然把这件事翻出来对我说：

"你要小心哦。之前你喝醉时，还用手搂过大美人的腰哦。"

我的醉意像退潮一样，一下子就消退了。

"我知道喝酒之后心情会变好。但是，那天我看到了哦，而且还是从后面清楚地看到了哦。太过分了你。跟我说什么'第一次见到你时就有一种心跳的感觉'，就这样，还在我面前去搂别的女孩子的腰。"

实际上，即使在已经结婚第九年的现在，她有时也会突然翻出这件事来。每当这时，我就感觉好像有把匕首插到喉咙上一样，什么话也说不出来了。

"正因为有这样的前科，所以不许多喝酒哦。"

"……我知道了。"

Chapter 3

告

白

2007. 7

周六的下午，我不断地打着瞌睡，但是被汗水浸透的T恤衫让我辗转难眠，不得不从床上爬了起来。好不容易到了周末，每天都要加班到地铁末班车时间的大项目也终于结束了，本想好好睡上一觉来着。

打开阳台的窗户，一股夏日的气息扑面而来，这么说来，已经有好几天没有下雨了。

周一，我在聊天软件上收到了她发来的久违的信息。

"辛苦啦！今天下班也会很晚吗?"

"辛苦啦！没有啊，这周都会定点下班的（笑）。"

"我也差不多要回家啦。"

"那么我也一起走！一会儿见！"

我迈着大步朝车站赶去，路上看见了她的背影。我大大咧咧地装作偶遇般地向她打招呼，她也边回应我，边露出了恶作剧般的笑容。

"怎么感觉你好像瘦了似的，有没有认真吃饭啊?"

"工作都干完了，我现在终于松了一口气。下周，准备申请带薪休假。"

这时候的我，在她面前已经自然而然地不再说敬语了①。

"也是，这么说来这段时间你工作一直很忙呢。真的辛苦啦，申请休假，准备去哪里玩儿呢?"

---

① 日语中，因为作者是公司晚辈，对作为前辈的佐佐木小姐，一般情况下都会说敬语。前文中作者对佐佐木小姐所说的话，在原文中都是以敬语形式表现出来的。——译者

"没有。哪儿也不去，就准备在家待着。"

"啊？太可惜了。出去走走的话，心情也会变好的。"

"是吗？那我就出去走走吧。"

"横滨港未来区①，或者水族馆什么的应该不错吧？"

"嗯？怎么提起横滨港未来区了呢？"

"我提议的两个地方都可以看到海！我偶尔会想去一趟，但是周末人太多了。平时的话人应该会很少，真羡慕你呢。"

"这样啊，不然我们一起去吧？"

她说话时的表情突然如同石膏一般凝固在了脸上。

"……啊？可以吗？真的？你不会已经有别的约会了吧？"

---

① 横滨港未来区位于日本横滨市西区及中区交界海滨，是通过重建横滨市中心部分地区建构而成的海滨都市。由明治时代开始到20世纪80年代前，当地仍是三菱重工横滨造船所、国铁高岛线高岛操车场和高岛渡轮码头所在地。重建计划的目的是除了增加日间就业人口，建立支援东京的居住都市之外，也希望吸引企业进驻区内。目前已经成为横滨市重要的商业和文化中心之一。

“没有没有。没事儿的。你方便的话我们一起去吧。对了，你能申请到带薪休假吗？”

“……嗯，这个应该没问题。”

“那么，就这么决定了哦。”

我们约好在JR①铁路的关内站见面。我在中转站按照时刻表坐上电车，可是车里却传来了电车晚点的广播。我慌忙给她发短信。

“不好意思！电车晚点了，估计要迟到30分钟。”

“请我吃可丽饼就原谅你！”

可能因为是工作日上午的关系，车站里的人稀稀疏疏的，完全没有喧闹的感觉。因为等人的人很少，我一下就看到了她。

“对不起！我迟到了，你等了很久吧？”

---

① JR是Japan Railways（日本铁路公司）的缩写，该公司主要负责运营路面铁轨电车。

"不是说了吗，请我吃可丽饼就原谅你！"

她比我想象中对这条街道还要熟悉。我们一边吃着可丽饼一边在横滨中华街散步，在山下公园拍了照后，又在大海芳香的指引下朝着大栈桥走去。这一路，我感觉自己一直在盯着她的手看。那双我仅仅握过一次的、有点儿凉凉的、柔软而娇小的手。如果鼓起一点儿勇气伸出手的话，我确实可以触碰到那双手。但也正因为如此，缺乏勇气的我一直无法付诸行动。

大栈桥对面逐渐宽阔起来的横滨港，渐渐变成了深红色。

"马上要到公司下班的时间了。我去趟洗手间，做一下回公司的准备。不能让上司看出破绽。"

"哈哈哈，理解理解。"

"……差不多准备回去吧。"

我的心中"啊？"地惊愕了一下。我单纯地觉得她会和我一起共进晚餐。但人家确实也没答应过我，我对自己的自作多情惭愧无比。

"嗯，回去吧！"

我爽快地对她说。看到她略带抱歉的笑容，我的脑海里回想起了前几天从会计部门的同事那儿听来的事情。

"我听说她已经有孩子了。"

我们一起走向樱木町车站。直到走过横滨红砖仓库，我都在心不在焉地和她说着话。双脚虽然还在移动着，我的心里却已经变得杂乱无章，只能拼命抑制着心中对太阳下山的焦虑。当感到自己的心将要被撕裂了时，我在横滨太空世界游乐园①的大观览车前停下了脚步。

"那个，我说……"

发觉我的声音稍微变远了，她回过头，看到了止步不前的我，进而自己也停下了脚步。

"从今以后，我也想像今天一样和你约会。"

她娇小的双肩突然向上耸了一下。过了好久，紧闭的

———————

① 横滨太空世界游乐园（Cosmo World）和前文提到的中华街、山下公园、大栈桥和红砖仓库都是横滨港未来区周围有名的观光和约会胜地。

双唇才微微张开：

"我也是……我也是这么想的哦。"

"啊？也就是说，你和我有同样的感受了？"

"嗯。和你在一起真的很开心……"

她的话给了一直很胆怯的我以勇气，但是看她的表情，似乎还有话要说，于是我继续等她开口。

"但是，和我在一起会很麻烦的哦。那个，我……我是带着小孩儿的。……你对这件事怎么看？"

"嗯，我其实早就猜到这点了。"我对她说。听到这话，她睁大眼睛凝视着我。

"但是即使是这样，我也喜欢你！这就是我对你想说的话。"

她一直睁大双眼看着我，过了好久，好像冰块融化了一样，泪水浸湿了她的脸颊。

"做我的女朋友吧！"

她轻轻地答应了一声，嘴角情不自禁地溢出了温柔的笑容。

她的笑容给了我更大的勇气，我一下子上去握住了她的手。她惊愕地抬起头望着我，那清澈的双瞳，与我印象中第一次见到她时的样子重合了。我们牵着手一步、两步地走了起来，她笑着对我说：

"闹了半天，我们的想法是一样的呢！"

"是啊！"我大声地赞同道。

"那么，如果一开始就向我表白，然后牵着手一起约会多好啊！"

"就是啊！"

"今天，我心里一直七上八下的，总在纠结着'这算是约会么？我自己是这么觉得的，可对方怎么想呢？'就这么不明不白地和你逛了一整天。所以嘛，要是一开始你就对我说'我们去约会吧！'见面时就说'喜欢你'，然后拉着我的手一起散步多好！这么一天的时间太可惜了！"

看着她豪爽的笑容，我一下子意识到了她真正的魅力。

"嗯嗯，确实是啊。"

"对吧？"

"话虽这么说，但是告白这种话，一般不会在那种场合去讲吧?"

这个人真有趣。之后，我恐怕会无条件地被她的魅力所倾倒吧。之后的剧情不需要任何推动了，一切都顺其自然地进行着，在大观览车下，我把嘴唇贴在了她的双唇上。

到了车站后，白天的闲散感已经被熙熙攘攘和人声鼎沸所取代。我牵着她的手，拨开人群走上扶梯。她回过头，双瞳高度正好与我的视线平行。

"作为一个单身妈妈，我从没想过自己会再喜欢上谁，再和谁交往。"

我点了点头。她用双手握着我的手，对我说:

"但是，我虽然自己内心也很矛盾，但是真的很喜欢你。我想和你一直在一起。"

Chapter 4

与大儿子的第一次见面

2007. 8

每当回想起刚和她交往的日子，一股夏天的气息都会扑面而来。即使到了晚上，皮肤还是会被晒得发烫，这就是太阳的威力吧。蝉也在进行着大合唱，声音就仿佛伴奏一般。我的五感都让夏日一一地唤醒了。

在开始和她约着去吃午餐之前，我基本上中午是不吃饭的。

"真的?! 为什么?! 你肚子不饿吗?!"

"嗯，实际上基本不怎么饿。总在外面吃饭，可能已经吃腻了吧。"

她盯着挠头的我看了半天后直截了当地对我说：

"我们家孩子每天都吃便当，便当这东西，一人份也是做，二、三人份也是做，不会花太多工夫，你要是不介意的话就一起吃吧？"

我花了好一阵子才理解了她的建议。

"吃，我吃。"我连忙答道。

"这样最好了，既不耽误工作时间，又可以和我一起吃午餐。"

第二天中午，她真的做了两人份的便当等着我。便当盒可以轻松地被握在我的手里，估计是小孩子用的吧。当我打开盒盖，盛得满满当当的便当与小小的便当盒形成了鲜明的对比，五颜六色的菜品让人垂涎欲滴。"光吃这个可能不够。"说着，她又递给我两个大饭团。

第一次和她孩子见面，是在我们开始交往一个月后的某个周六。

我非常喜欢音乐，以至于中学时沉迷于吹奏乐器，高中时甚至还组建过自己的乐队。

"下周六有一个音乐活动，是面向家人开放的，方便的话，让你孩子一起来吧?"

在密布着积雨云的夏日天空下，一个四岁的小男孩儿和她手牵着手出现在我的视野里。

和照片中一样，男孩儿长得和她特别像。男孩儿没有被妈妈牵着的那只手里，握着一辆玩具小汽车，从他握着的方式可以看出，这辆汽车是他的宝物。

"啊! TOMICA①! 真酷!"听到我的话，他的表情一下子开朗起来。"嗯，消防车! 这个可厉害了!"他边说着，边打开双手让我看。我弯下腰，让自己的视线和他保持同一高度。我们的目光一聚焦，他意识到我正在认认真真地欣赏着他的宝物，因此高兴了起来。

"今天的活动也会有消防车来哦，和鼓乐队一起，看，就在那儿!"

---

① TOMICA 是日本 Takara Tomy 公司所生产的系列合金玩具汽车及其相关产品的特定品牌。

男孩儿的眼睛亮了起来。"我们去看看!"我自然而然地拉起他的手,朝着消防车走了过去。我把他抱起来放在肩上,他像一只小狗一样和我嬉闹着。"这样的奔跑,这样的嬉闹,我都记不清多少年没有过了!"我一边擦着汗一面在心里感叹着。

　　回家的路上,男孩儿一下子握住我的手说:

　　"今天走了好多路,要抱抱。"

　　我一下子把他抱起来,化身为游乐园的游乐设施。男孩儿幸福得欢呼起来。她则在一旁默默地注视着、守护着我们。

　　"今天谢谢啦!你也累了吧?陪着孩子这么一通疯玩儿。"

　　"才没有呢。今天我也特高兴!"

　　"明天,我要把攒了一周的家务都干了呢。"

　　"是啊,扫除和洗衣服?"

"还要准备便当材料和孩子上保育园①需要的东西什么的。"

"真是想得面面俱到呢，真不容易。"

"是啊，哈哈。但是今天真的很开心，明天我会加油的!"

和两人说再见后，我回到了自己的住所。明天估计会肌肉酸痛吧，我感觉身体飘飘忽忽的，仿佛一切都不是真实的。

我回想起刚开始听说她有孩子的时候内心五味杂陈、难以言表的感觉。实际上，与小家伙儿见面后，我对我们的未来变得备加期待了。

周日，在家门口的十字路口，我与一个牵着爸爸妈妈的手，高高兴兴地迈着小步走着的男孩子擦肩而过。往日极为平常的一幕，我今天却认真凝视起来。

---

① 在日本，儿童的学前保育机构有两种：保育园以及后文中会提到的幼稚园。幼稚园属教育机构，归文部省管辖。保育园则属儿童福利机构，归厚生省（负责医疗、卫生、社会福利等）管辖。

那时候，他对我来说，还只不过是"自己喜欢的人的孩子"而已，我还没设想过"与他妈妈结婚后，让他成为自己的孩子"这么远的事。也就是说，我们其实是在"过家家"。但是，三个人一起的时光，对于我来说是那么舒服和快乐。

对于二十五岁之前的年轻人来说，和同龄人一起玩耍的时光是最快乐、最珍贵的。正因为如此，和小孩子一起玩耍的时间，对于我来说，则显得非常新鲜。我无法用语言充分表达，但是这种"不寻常"的感觉，让我对日常生活充满了兴奋与期待。

那天以后，她开始渐渐地为我创造三个人一起相处的机会。

"今天应该可以准时下班。"

"真的？太好了！对了，在孩子从保育园回家的路上，有一个小公园，如果你方便的话，我们在那里一起玩一会儿再回家怎么样？"

因为我们还没有生活在一起，三十分钟的时间对我来说也是十分宝贵的。我一边注意西服不要被弄破，一边尽全力地陪着孩子玩耍。

时间就这样一天天地过去了，三十分钟的时间渐渐开始无法满足我们。我从网上预约了当日往返的巴士旅行。当我在网上输入"大人两名，儿童一名"时，一种温馨感油然而生。巴士旅行的目的地是山梨县，主要内容是葡萄采摘。我和孩子两个男子汉仿佛竞赛般地拼命摘着葡萄，又一起去洗手间。虽然我还没有正式求婚，但是我们的关系越来越像一家三口，这让我感到了无比的幸福。

一个星期六的上午，夏日毒辣的太阳已变得稍显温和。我买了三份蛋糕，按响了她家的门铃。

"快进来！一直在等着你呢！"

平时下班的时候享受二人时光，周末则三个人一起度过，这样的日子开始走进了我的生活。

小孩子一旦和人熟络起来，往往就会变得毫无顾忌，男孩子更是如此，特别不知轻重。

有一次我俩一起把 TOMICA 小汽车摆出来玩儿的时候，他瞎胡闹着拿 TOMICA 砸了我的指甲。我一边叫着"真疼"，一边把 TOMICA 还给了他。他却用更大的力气砸了下来。我稍微夸张了些地大叫道："疼！真疼！虽然是小汽车，砸到了人还是会疼的！"可是男孩子仿佛就是前世的冤家，听了我的话后，更加得寸进尺了。

我一把抓住他的双手，盯着他的眼睛狠狠地说道：

"真的很疼，不能再这样了啊。"

他的眼泪证明我的心情确实传达到了。看到他的小脸蛋，我的心仿佛一下子被揪住了。如果弄哭了亲戚的孩子的话，我可能会急急忙忙地说着"对不起"，并做出十分抱歉的样子，但是绝不会感到揪心。但是这时候，我的心中却涌出了一种不小心让珍贵的东西受到伤害后的悔恨感。

对于我来说，他绝不仅仅只是"喜欢的人的孩子"。我正是从这时才开始意识到这点的。

当天晚上，我像往常一样看着大儿子睡着后才回到自己家。

第二天早上，我收到了她的邮件。

"早上好！昨天谢谢啦。那个孩子不知怎么的以为你会一直陪他到早上呢……早上起来一直在大哭大闹。"

我一直在为自己生气后把他弄哭而后悔，收到她的邮件后却突然感到了一阵温馨。有孩子的男士们，你们都应该能理解这种感受吧。

无论发生什么，都无条件地需要自己，孩子就是这样一种无瑕的存在。这种爱刺激着我的泪腺，我真想立马一把将他抱在怀中。

此时此刻，我想用更多的时间陪着她和孩子，和他们永远在一起。

"圣诞老人一定会把礼物送到我屋里来的。"

11 月的某一天，冬天的脚步越来越近，大儿子得意扬扬地对我说。

"哎？真的吗？"

我一边笑着一边回答道。

"那么，圣诞前夜，我就住在这里怎么样？"

大儿子那得意扬扬的表情就像是石膏一样凝固在了脸上。正当我感叹这个样子像极了他妈妈时，他一下子像小狗一样欢快地跑了起来，并吵闹着让我抱。

大儿子、她，还有我，三个人一直在盼望着的圣诞前夜到来了。

在确认了大儿子已经睡着之后，我穿上从打折店里买来的圣诞老人服装，戴上白胡子，轻手轻脚地把礼物放到他枕边。我感觉心脏发出了前所未有的跳动声。他如果醒来的话，那么我的工作就宣告失败了。圣诞老人的工作，原来是这么紧张和刺激啊！想到这里，我对圣诞老人重新生出了一股尊敬之情。我的样子全部被她一边说着"稍微往右一点儿！"一边用手机"咔咔"地拍了下来。

第二天早上，我们把照片作为证据拿给大儿子看。

"Satoshi① 说得没错哦！我们也大吃一惊，想都没想就拍了照!"

"哇！太酷了!!"

大儿子看到我送的礼物高兴极了，我和她目光相对，做了一个小小的胜利手势。

这时候，大儿子还只是叫我"大哥哥"。被他叫作"爸爸"的人，还是那个每个月只来看他一次的亲生父亲。

_____

① 大儿子的名字。因为原文中用片假名表示，因此这里用英语名字标注。——译者

Chapter 5

半同居生活

2008. 1

"今年的新年假期，只剩下我们两个人了！"

她一边喝着热可可一边叹气道。

"往年都是和住在附近的父母一起过，今年他们说是要去旅行。"

"这样啊，夫妇俩的旅行，老两口关系这么好，真不错。"

"是吧？小 Shin① 新年假期打算怎么过啊？"

——————

① 作者的名字。因为原文中用片假名表示，因此这里用英语标注名字。

"我还什么都没打算呢。啊，如果方便的话，我们三个人一起过……怎么样?"

"好啊。那天晚上，那孩子还大哭着求你不要回去呢。"

她恶作剧般地笑着。

最后，从大晦日①开始连续三天，我都住在她家里。

新年假期之后，从每周五晚上到周日晚上，我都会住在她家。从剃须刀、内裤到睡衣和 T 恤，我放在她家的物品开始逐渐多了起来。也就是说，我们的半同居生活开始了。

到了 2 月份，发生了一个小插曲。

在日本，一旦成为公司职员，每到情人节就会收到一些巧克力。当然，具体情况也因公司的氛围而异。在我的公司里，每年都会有几名女员工准备一些义理巧克力②，逐一分发给公司的男同事。

---

① 日本人把 12 月 31 日称为"大晦日"，也就是除夕日。

② 义理巧克力是指每年 2 月 14 日，日本女性送给非情侣关系的男性的表示友情的巧克力。

那一年，我收到了用纸袋子装着的精美的巧克力。刚拿到手时，我发现那是一块比我手掌心还要大一些的巧克力。我尽量抑制着自己惊愕的表情，说了声"谢谢"就把巧克力直接塞到了包儿里。

她那天曾对我说："我在家里准备了情人节巧克力，晚上下班后来家里吧。"因此大大咧咧的我什么也没想，如同往常一样，拿着上班时背的包就去了她家。

"欢迎欢迎，外面特别冷吧?"

"我迟到了，对不起。啊，被炉! 被炉!"

半个身子钻进小被炉后稍稍喘了口气，我就随意把书包打开，准备去拿手机充电器。于是，刚才收到的那袋巧克力就这样一览无余地暴露在了她眼前。

"哎? 这是?"

"啊，对了对了，我收到了巧克力，哈哈。"

"是代表什么的巧克力?"她的目光变得认真起来。

"想什么呢! 女同事给大家都发了巧克力，我自然也有一份儿。"

“不对不对，发给大家的巧克力可没有放在这样的纸袋子里，个头儿也没有这么大。”

我朝纸袋子里看了一眼，是一个连我这样的人也认识的非常名贵的巧克力品牌。

“喂，这么贵的巧克力，应该不止是普通的意思吧?”

她看了一眼自己做的巧克力蛋挞，然后就不说话了。无论我说什么，她都一言不发。正当我不知所措时，她开口说话了。

“那个，不吃一口吗?”

“这个……”

“吃一口不是挺好吗，没准儿里面夹着什么信呢，快打开吧。”

“哪有，绝对不可能是那种意思的巧克力。”

“别废话啦，快打开!”

结果，里面没有夹着信。

“但是，这巧克力真的很贵哦。”

“是啊。”

"不还礼不行哦。"

"是啊。"

虽然不是真的生气，但是她恶作剧般地接连发问，并用力把双手交叉在胸前的样子，在我看来真的很可爱。

后来，关于这件事她是这样对我说的：

"那天，我真的一直在忍着不让自己发作，在我认真考虑是不是要托付终身的人的包里，居然发现了本命巧克力①。比起你收到本命巧克力，最让我受伤的是你居然没有将这件事告诉我（也就是埋怨我故意隐瞒了这件事）。"

当然，我并没有想隐瞒她的意思，我只是觉得这件事没有必要大惊小怪。但是，"大惊小怪"的态度，对她来说恰恰是最重要的。因为这样的原因所造成的吵架，到了我们结婚第九个年头的今天，也常有发生。

---

① 相对于"义理巧克力"，指的是日本女生在情人节时送给告白对象的巧克力。

在黄金周①，我和大儿子一起制订了一个小小的作战计划。

5月的第二个星期日，刚过正午，大儿子就像往常一样对我说道：

"喂，我们去公园玩儿吧，我想去丛林健身房②。"

"好啊，我们走！"

"我一起去怎么样？"

"妈妈就不用了，在家好好歇着吧。"

就这样，我们两个男人一边叫喊着："进行得很顺利呢。""作战成功！"一边穿过公园，走向了花店。在花店拿到之前预定的鲜花后，我立刻打电话给她。

"我们在公园，可是 Satoshi 赖在丛林健身房不肯走。你是

---

① 日本有很多国民假日集中在4月底到5月初之间，很多人会利用这个时间申请一些年假，将假日串起来，成为一个一周以上时间的大假期。因此，4月底到5月初的10天左右的时间，在日本就被称为黄金周。

② 丛林健身房是指日本街边公园里设置的专供儿童攀爬游戏的综合设施。

要准备出去买晚饭的食材吧？能不能顺道过来接我们一下?"

"没问题。我也正准备出门呢。"

拿着环保袋来到公园的她，寻找着本应该赖在丛林健身房不肯走的 Satoshi。

"嗯？去哪儿了呢?"

这时候，抱着一大捧花的大儿子走了出来。

"妈妈，这是给您的，谢谢您一直以来对我的照顾!"

她既惊讶又高兴的脸上，浮现出一种用语言无法形容的可爱，看到这里，我心里涌出一股暖流。

夜里，在我们两人独处的时候，我也对她表达了感谢。

"感谢'妈妈'一直以来的努力，谢谢!"

我边说着边将一个小包裹递给了她。

"我可不是你的妈妈哟。"

她一边说着，一边打开了包裹。"啊!"在看到信封里装的东西后，她的表情凝固在了脸上。

和一条花手绢放在一起的，是她最喜欢的游乐园的一日通票。

"看到是一个小包裹，就没想到里面居然装了这么多东西。"

看到她喜极而泣的脸庞，我的心里再次涌出一股暖流，紧紧地将她抱在了怀里。

从那天开始，在我们家举办活动时，就形成了一个规矩。

"在赠送礼物时候，必须还要附上一份能让收礼人铭记于心的惊喜。"

这条规矩到了我们已经有了四个孩子的今天，也还在继续着。

Chapter 6

求

婚

2008. 8

好不容易又到了周末，可是从早上开始却乌云密布，我和大儿子原本约好去社区游泳池练习如何将头埋在水里的，这个约定只能被迫拖到了下周。

"没办法，我们拿玩具小汽车和塑料轨道一起来搭建街道吧。"

就这样，我和大儿子两个人一起将塑料轨道铺满了客厅，热火朝天地玩儿了起来。

大儿子看起来好像完全投入了轨道的搭建工作中。我正准备拿起积木搭建轨道以外部分的时候，大儿子突然抓住了穿着短袖的我的手腕。

"喂!"

"怎么了?"

"做我的……爸爸吧?"

那天晚上,看着大儿子熟睡的脸庞,我认真思考着"做他的爸爸"这件事的意义。

首先,需要经济实力。

同时,还要考虑如何教育他,比如什么时候应该批评他,等。但是,我还不是一个满嘴大道理的合格的成年人啊。怎么办呢?我盯着大儿子熟睡的脸庞,陷入了久久的沉思中。

对啊!只要把自己当成他的同龄人就行了!这样的话,我就不必以命令的形式告诉他"必须干这个,必须干那个",而是可以从自己的人生经验中,举出几个例子教育他说:

"我之前曾经遇到过这样的事情。""因此，如果是我的话，我会这么做。"最后，我再接着问他："如果是你的话会怎么做呢?"

这么说来，她之前也曾说过同样的话呢。

"对于小孩子来说，如果不和他们保持同一视线，说什么他们都不会听的，你的意思无论如何也传达不到他们那里。"

想到这里，我突然觉得"当爸爸"真是一件非常有意义的事。

从这时开始，我逐渐开始思考一些更加现实的问题。我更加清楚地认识到：当爸爸的话，无论如何也要有一定的经济能力，因为支撑孩子的生活，是大人的职责。

写到这里，我想先来简单介绍一下我们当时的情况。

大儿子每个月会有一天与自己亲生父亲见面。与我认识后，这样见面的频率就越来越低了。对于他来说，那个叫作"爸爸"的人只是偶尔过来陪自己玩儿一次而已，并不会和自己一起生活。这件事或许会让他感到特别孤独吧。

佐佐木的前夫一直在认真地支付着抚养费，因此享有与自己儿子见面的权利。如果我与她结婚的话，那么抚养费与父子见面的事情，要如何去处理呢？即使不再接受抚养费了，父子见面的事情也许还是不要阻止比较好吧。想到这里，我脑海中清晰地浮现出了一种抗拒的念头。

生活费全部由我负责。

在不再接受对方抚养费的前提下，如果有可能，父子见面的事情我也不希望再持续下去了。

对于脑海中突然涌现出的这种直白想法，我自己甚至感到了一种绝望。

作为一个男人，我的气量还真是狭小。

我怎么能只为自己着想呢？

我可是正打算着切断大儿子与自己亲生父亲的联系啊。

这样的我，真的有资格成为父亲吗？

我在心中不断自问自答的同时，自己的想法也出现了动摇。如果不考虑结婚的话，我也不用去面对这样不堪的自己了。在下意识中，我选择了逃避。什么也不去想，就这样高高兴兴地玩着"过家家"的游戏，也许船到桥头就会自然直吧。

周末的晚上，当孩子睡着后，我和佐佐木以"坐在沙发上看电视"的方式进行着约会。

一旦看到有意思的节目，她就会忍不住开口对我说：

"哇！如果咱们结婚的话，我也想住在这样的房子里。"

"如果我们俩生了孩子的话，起这个名字还不错吧？"

她通过这种方式，在不时地暗示着我想要结婚。即使是迟钝如我，也渐渐明白了她的意思。但是，每当这个时候，我总是靠着转移话题蒙混过关。

有时候，她也会明明白白地将自己的意思告诉我。她原本就是那种"竹筒倒豆子"般的性格。

"我有时候觉得再结一次婚也不错呢！"

这时是不是要回答"好啊"呢？说实话，我自己真的没有想清楚。

看到我这个样子，她盯着我突然明快地说道：

"但是，小 Shin① 还年轻呢！如果和我分手的话，一定会娶一个特别年轻的姑娘吧。"

现在回想起来，当时的她一定是鼓足了勇气才说出这样的话吧。

"啊？怎么会有这样的情况呢？想要一起生活才会选择结婚，这和结婚对象的年龄完全扯不上关系好吧。但是，如果你觉得我太过年轻的话，我也不好反驳什么了。"

如果要结婚的话，我的对象就只有她一个人，这的的确确是我心里最真实的想法。

因此，如果要求婚的话，一定由我来做。

但是，也正因为如此，在决心坚定下来之前，我始终无法将求婚的话说出口。

---

① 主人公（作者）的名字。

就像夏日柏油马路上升起的热气一样，日子在恍恍惚惚中一天一天地过去了。我和她的邮件往来，也变得越来越不自然了。明明我们是这样喜欢着对方……

在早上上班的路上，我坐在电车里有一眼无一眼地看着网络新闻，发现在横滨港未来区那个我们充满回忆的地方，将要举办烟花大会。我通过公司内的聊天软件，给她发了久违的信息。

"下周，横滨港未来区有烟花大会耶。"

"刚才我谷歌了一下，是神奈川新闻举办的烟花大会吧?"

"嗯。一起去怎么样? 方便的话，就我们俩。"

她身穿浴衣①，在检票口外面等着我。

"今天，让我们一开始就手牵手约会吧!"

---

① 浴衣是和服的一种，为日本夏季期间的一种衣着，是一种较为轻便的和服。

她边说着，边一把拉起了我的手。

"算是对第一次约会的补偿吧。"

我也随即握紧了她的手。

神奈川新闻烟花大会是神奈川地区居民夏天的一次盛会，因此活动现场无论走到哪里都是人山人海的。

"这么多人，回去的时候肯定会很麻烦吧。"

"确实是，被卷入人流的话，回家肯定会很晚了。这会给 Satoshi，还有被拜托照顾 Satoshi 的父母添不少麻烦呢，我们还是早点儿回家吧。"

"你说得对，谢谢！"

现场的人比想象中的还要多，因此我们基本没怎么交谈，只是盯着烟火看而已。过了一会儿，伴随着大会终章的烟火从背后升起，我们开始急匆匆地走向车站。

嘭！轰！噼里啪啦！噼里啪啦！嘭！噼里啪啦！嘭！

烟火接连不断地绽放的声音戛然而止，我们的四周瞬间被寂静所包围。

这一刻对我来说显得非常的珍贵，因此，我没有经过大脑就自然而然地将心中的语言脱口说了出来：

"我们结婚吧！"

她当时的表情我没有看清，只是听到她小声地答应道：

"好。"

就好像在等着她的回答一样，大会的最后一枚烟火在空中绽放开来。

嘭！

她大声地喊道：

"太慢了！笨蛋！"

这句话不是对着烟火，而是对着我说的。

"啊？哪个哪个？这句话你对哪儿说呢？"

"肯定是对小 Shin 说啊，太慢了！我一直在等你这句话呢！"

"……想想也是。"

"但是……我也没法将这句话说出口。我想和你结婚，但这样会让小 Shin 背负上很多东西。和我结婚的话，你的人生肯定会改变很多。"

“关于这点，Haru① 你不也是一样的么？”

“不要和我比呀，如果结婚的话，你可是要成为 Satoshi 的父亲哦。三个人一起生活肯定非常快乐，但是生活不仅如此。比如你的工作怎么办呢？”

“嗯。”

“但是，Satoshi 的保育园活动，就可以一家人一起参加了，这点比什么都强。别的小朋友肯定会羡慕他有一个这么年轻的爸爸吧。小 Shin 你肯定可以为我们创造出一个美好的未来呢。可是……”

她深深地吸了一口气，又将这口气如同丝线般慢慢吐了出来。

“结果，无论如何，这句话我还是没法说出口。”

那天，我们在电车中互相道了别。刚订下了婚约就这样草草结束约会。我一边盯着被人群推着渐渐远去的她，

---

① 女主人公的名字，因为文中用的是平假名，这里用英文的音译标注。

一边在心中品味着这种奇怪的感觉。

我们从今以后就要成为夫妻了。

我花了很长时间才坚定了自己的决心，她则一直把自己的想法憋在心里，我们俩之间可能还没有真的形成那种无话不谈的关系吧。从今以后，我们可能会让彼此体会到数十次以上的厌恶与悲伤，但是，天生乐天派的我，此时却被无尽的幸福所包围。

在这一年的盂兰盆长假①，我仿佛又回到了十年前的小学生时代。

每天早上被叫起来去区民游泳馆游泳，回来之后吃凉凉的素面作为午餐。在开着空调的房子里睡过午觉后，又去公园里捉虫子捉到天黑。浑身沾满泥土直接就去洗澡，之后身着一身运动装吃晚饭。心情舒畅地享受着疲惫，和

---

① 每年的8月中旬，日本会休盂兰盆长假，也被称作暑假，是日本社会主要的长假期之一，假期长短因公司而异，平均大约有7天至10天。

大儿子一起进入梦乡。日子就这样一天一天地度过。

在大儿子住到他外公外婆家的那天晚上，针对生活费、抚养费以及与亲生父亲见面的事情，我又认真地和她讨论起来。

我把自己最真实的想法毫无保留地告诉了她。她对我嘟囔道：

"如果不接受对方抚养费的话，就可以不让对方来见孩子了。"

"实在不好意思，但是我希望你能这样做。这可能是我最真实的想法吧。"

她什么也没有说，只是微笑着点着头。

"对了，我有一件事想拜托你，这可能和我刚才说的有点儿矛盾。"

"嗯。"

"我希望你今后也随时可以联系上前夫。"

"什么意思？"

我一口气将自己的想法说了出来：

"那孩子早晚会迎来青春期，会迎来直面自己内心的时候。到那时，我希望他能够按照自己的意愿去决定是否要和自己的亲生父亲联系。总有一天，他会需要与自己有着血缘关系的父亲。关于这点，同样作为男人，我有一种直觉。如果刻意隐瞒这些事情的话，之后是不会有什么好结果的。"

她久久凝视着我的眼睛。

"说实话，作为一个小男人，我心里一直有一种想让我'哇'地大叫出来的、类似于嫉妒般的情感存在。但是，即使是这样，我也觉得应该尊重他的血缘，希望他长大成人后，能对自己的亲生父亲心怀感激。"

作为一种回答，她一下子握住了我的手。

"我很惊喜。你已经是那孩子合格的爸爸了不是吗?"

盂兰盆长假的最后一天，大儿子第一次叫了我"爸爸"。

Chapter 7

同

居

2008. 10

周一的早上，我和她一起牵着大儿子的手去上班。做出撒欢儿地追着大儿子跑的样子，我们朝车站相反的方向走去。当保育园的建筑物出现在视野里时，我独自停下了脚步。

"我有一个工作上的电话要打，就先在这里说再见啦。路上小心哦。"

"还有工作啊？好吧！那么，拜拜啦。我们先走啦！"

我总是怀着寂寞的心情，目送着那两人牵着手离开。

从保育园独自出来的她，总是小跑着回到我的身边。

"不好意思，久等啦。我们上班去吧。"

"今天时间早，电车上应该也会有座儿吧。"

"今天带了什么书?"

"哈哈，东野圭吾①。"

我们两个大人在拥挤的电车里聊天总是不太好。因此，她提议我们利用在早上电车里的时间来读书。她借了唯川惠②和村山由佳③的书，而我借了东野圭吾的小说。有时候，准备早饭和便当已经筋疲力尽的她会连书都不打开，说一句"今天我睡觉吧。"后就靠在我肩头上。

那天晚上，我收到了她的邮件。

---

① 东野圭吾，日本推理小说作家。代表作有《放学后》《秘密》《白夜行》《以眨眼干杯》《神探伽利略》《嫌疑人 X 的献身》《预知梦》《湖畔》等。

② 唯川惠，日本女作家，少女时代便喜欢写作，写下不少日记体小说。二十九岁时其少女小说《海洋色的午后》获柯巴尔特小说奖，从此迅速走上专业作家道路并迁居东京。十几年来创作了大量以少女、年轻妇女为读者对象的小说、散文。

③ 村山由佳，日本女作家。代表作有《拥抱海洋》《蓝色延长符号》《可以为你做的事》《翼》《野生之风》等，是一位深受赞誉的新锐作家。

"今天早上，保育园的老师好像看到小 Shin 了。晚上，我妈妈去接孩子的时候，她问我妈妈：'那位是孩子新的爸爸吗?'"

"是吗? 你父母怎么想?"

"他们问我：'那人是谁啊?'我直接告诉他们'是正在交往的人'。"

我关掉电脑电源，离开公司后，取出了手机。

"抱歉，我觉得电话里说比较好。现在电话方便吗?"

"谢谢! Satoshi 已经睡着了。我告诉父母，他是一个和 Satoshi 一起散步，一起玩耍，认真地为孩子的将来考虑的人。但是……"

"嗯。"

"他们对我说：'请认真考虑一下孩子的感受。'我估计他们相当担心孙子的事情呢。说实话……我觉得他们现在是不会赞成我们的事儿的。"

"我想也会是这样。"

"但是，既然结婚的话，我就希望能得到父母的认可。"

"你说得对。"

"让我好好想想办法吧。"

到了周末，我像往常一样去她家里玩儿。她对我说道："喂，今天我们去稍微大一点的公园玩儿吧。"

我和大儿子一起疯玩儿的样子，被她用手机拍了下来。平时她也会照相，但是今天总感觉她在不停地拍照。我一边这么想着，一边全身心地投入和大儿子的游戏当中。

晚上，她认真挑选着白天拍的照片。

"拍到好的照片了么?"

"圆满完成任务! 我现在准备把这些照片一张张地给我妈发过去。"

"啊?"

"我要告诉她'他们俩关系这么好，完全不用担心'。她能理解我的意思就好了。"

即使是这样，她父母的态度好像也没有马上发生改变。

"现在他们还不想见你，果然还是不能马上接受你啊。"

"你离婚还没到两年，就想着再结婚? 凭借自己的双手，再抚养一段时间孩子不是挺好吗？"

即使遇到这样的事情，她也没有马上变得意志消沉。反而通过这件事，她敏锐地发现了事情的转机。

"喂，周六我们两个人一起吃午饭吧。我想吃之前去过的那家店的汉堡包了。我们在车站集合吧。"

确实，周六天气非常好，很适合外出约会。我怀着畅快的心情站在车站等她的时候，收到了她的短信。

"抱歉，我要晚十分钟。"

"好的。别着急慢慢来。"我回信后就站在原地等她。过了一小会儿，一对老夫妇过来问我：

"不好意思……可以问个路吗？"

"啊，好啊！"

"有个叫作××的餐厅，您听说过么？"

"听说过！我也正好准备去那里，如果你们不介意的话，我带你们过去吧！"

当我们三人走到店门口时，她已经微笑着站在那里等我们了。正当我一脸茫然不知发生了什么的时候，她朝着那对老夫妇说道：

"爸，妈，我男朋友怎么样?"

被店员引导着围坐在了放有"预约席"牌子的桌子旁，我们四个人都点了汉堡包套餐。

"即使是这样，女儿，你的胆子也太大了!"

她父亲发脾气似的说道。

"我刚才事先赶到了车站集合地点，看到小 Shin 和你们二老都到了后，就给妈妈打了个电话。"

"啊，为什么打电话啊?"我问道。她母亲回答了我。

"她对我说：'我要稍微晚一会儿，你们先去店里吧。店的位置可能不太好找，你们找个附近的人问一下吧。'"

"太厉害了!"我从心里感到了震惊。

"因为我知道，你肯定会处理好的，我对你有信心嘛。"

她咕咚咕咚地喝干了一杯矿泉水后说道。

"爸爸、妈妈，这个人，就是我正在交往的对象。"

她的父母脸上微微绽放出了笑容，对我说：

"真是一个亲切的好小伙子，对吧。"

"是啊，我可算放心了。"

本来就很好吃的汉堡包套餐，那天对我来说，仿佛又美味了一倍。

同时，我不禁感叹她可真是一个"不畏权威"的人啊。

从那天开始，她父母逐渐对我敞开了心扉。二老原本就住在她家附近，因此有时会来公园里看望正在玩耍的我们仨，我去她家里玩儿的时候，偶尔也会过来露上一面。

傍晚的公园里，金钟虫鸣叫不停。她的父亲独自过来找到了我们。

"怎么了？爸，就您一个人？"

她父亲没有顾忌女儿的惊愕，而是轻轻地向我挥了一下手。

"喂，Shingo 君①，我们去喝一杯如何？"

———————

① 主人公的名字，文中用平假名しんご表示，这里用英语音译代替。

一打开车站前小居酒屋的门，店员就一边说着"啊，欢迎欢迎，快请进"，一边带着亲切的笑容把我们迎了进去。这一定是她父亲经常光顾的店吧。

"想喝什么?"

"啊，就啤酒吧!"

"服务员，来两杯扎啤。"

在第二杯扎啤快喝光时，她父亲开始和我聊起了关于她的话题。

"……我女儿算是结婚比较早的，可是还不到三年就离婚了，带着孩子回了娘家。她的性格你应该也了解了吧，即使是在我们父母眼中，也算是脾气差的了。"

我听到这话不知不觉笑了一下儿，她父亲也微微笑了。

"你真想和我女儿结婚? 你还年轻，还是初婚，真的不介意吗?"

语气虽然像是开玩笑，但是她父亲的眼神却无比认真。

我为了认真回答这个问题，放下了手里的酒杯。

"没问题。我们一定会幸福的。"

听到我的回答，她父亲说道："这仅仅只是一个方面。"
说完一口气干掉了杯子里的啤酒。

"你还年轻。在工作上，从步入社会第三个年头开始，会遇到各种各样的机会，有时候明知很困难也会想去挑战一下。还有，工作对你来说会变得越来越有趣，会出现很多只有你才能胜任的工作。"

作为一名"企业战士"，比起自己的女儿，她父亲好像更担心同为男人的我的前途。这对于我来说非常意外，同时又让我满怀感激。

10月份，我和她还有孩子，三个人一起搬进了新家。

因为对搬新家已经盼望已久，所以我们事先已经对新家的布局图看了很多遍，因此搬家的过程非常顺利。那天晚上，在尚无"生活气息"的客厅里，充满了一种"成为一家人"的实在感。

搬家之前，她妈妈曾经这样对我说道：

"除了房东，别忘了和周围的邻居们一一打招呼哦。房东之前就知道我女儿的事儿，所以中元和年底①别忘了给人家送礼物。将之前的习惯保持下来，是组建新家庭的第一步。"

对于年纪尚轻的我来说，她妈妈的建议非常宝贵。

新家距离她父母住的地方走路只需要十分钟，也就是说位于她土生土长的地方。因此我时常告诉自己在生活中要注意"周围的目光"。见到人要打招呼，不要闯红灯。无论多么疲劳，即使是喝醉了酒，回家的路上也要挺胸抬头走路。虽然这些都是一些琐碎的事情，但是这样做正是为了她和孩子，以及她的父母。

房东在我们已经发展为六口之家的今天也一直关照我们，邻居阿姨总会一边说着"把这个拿给大家分分"一边拿出一大袋子苹果给我们，而住在周围的叔叔则总是喜欢

---

① 中元在日本指的是 7 月上旬到 8 月中旬的这段日子（具体时段因日本地域不同而略有差别），日本人对长辈等，每年中元和年底要送两次礼物（年底的称为"岁暮"），中元表示对长辈上半年给予自己关照的感谢之情，岁暮表示对长辈全年给予自己关照的感谢之情。

反复摸着大儿子的头。住在佐佐木土生土长的地方，我们的周围时常会洋溢起一种略带怀旧之情的笑声。

我从小在冲绳长大，那是一个"岛屿意识"很强的地方。每次放学回家，家里肯定会有一些亲戚或者家里的朋友，如同家人般地对我说："喂，你回来啦!"谁家结婚，谁家生孩子，谁家有亲人去世等消息在那里很快就会传开，因此大家从来不会彼此寄明信片①。甲子园里一旦有冲绳的高中登场，就会出现全岛规模的声援，选举的时候也会出现类似的火爆场面。

生我养我的环境里培育出的这种人情，也许和她的情况很相似。对生养自己的土地要心怀感激，虽然有时略嫌麻烦，但是任何时候都不能懈怠。关于这点，我们俩做得都很不错，也许这正是我们互相喜欢的一个重要原因吧。

---

① 日本大部分地区的人在婚丧嫁娶时，都会以寄明信片的方式通知亲朋好友。

"作为同居的纪念，咱们买一对情侣戒指吧。"

我难得提出了自己的建议。她盯着我看了一会儿，不知为什么略显悲伤地微笑了起来。我们乘坐电车去了稍微繁华一点儿的地方，选了一家氛围安静的店，在里面选了一对样式简单的白金戒指。"能选到满意的戒指真不错。"在返程的电车上我兴奋地说。

她看着窗外，突然说道：

"准备戴在哪根手指上呢？"

只是抱着好玩儿的心态的我，一下子愣住了。

我盯着她的脸，而她只是头也不回地看着窗外。

"……我想戴在左手的无名指上，但是那是要结婚之后才行的吧。"我终于开口说了句话。

"是啊。"她转头看向装有戒指的纸袋子，回答我道。

我们俩开始目不转睛地盯着纸袋子上的商标看。

"正因为我想结婚，才会想和结婚对象一起戴对戒啊……"

"嗯。"

"婚礼上，我会再认真准备一对更好的戒指的。"

"再准备一对?"

我又陷入了长时间的沉默。这时候，到站了的电车打开了门。

在回家前，我们在公园的长椅上坐了下来。我小心翼翼地取出戒指戴在了自己左手的无名指上。看到我这个举动，她微微笑了起来，把自己的左手伸到了我面前。我也微笑着，慢慢把戒指戴在了她的无名指上。

"同是无名指，左手和右手的粗细也略有不同呢。"

她对我说道。比起右手，我的戒指还真是更适合左手戴呢。

第二天到了公司，同事们（特别是女同事）一看到我的戒指就开始刨根问底起来。

"我虽然没结婚，但是有准备结婚的对象了，所以戴在了左手上。"

面对我的实话实说，大家都轻快地送上了"恭喜啦!""一定要幸福哦!"的祝福。

晚上，我把这些事情向她做了汇报，她豪爽地说道：

"这么说来，把戒指戴在左手上，还能成为出轨的防火墙呢！"

每天早上一睁眼，我就会看到她和孩子。我说上一句"我出门了啊"，就会有人对我说"路上小心"。我说上一句"我回来啦"，就会有人对我说"欢迎回家"。我说上一句"我开动了哦"，就会有人对我说"好的，请用"。

同时，我也有了说"谢谢"的对象。

和喜欢的人、和家人一起生活，也许就是这个样子吧。好久之前已经忘却的感情，就像冰水融化了一样，在我的心里慢慢弥散了开来。

香喷喷的米饭，佐料齐全的味噌汤，烧鲑鱼，芝麻拌菠菜……住在一起之后，我才又一次发现，她做的饭是那么好吃。每次，我都就着幸福，细细品尝她为我做的饭菜。

作为起码的答谢，到了休息日的早上，我会起来做烤三明治给大家吃。在空无一人的厨房哼着歌切着面包的时候，我的脑海里回想起了父亲之前对我所说的话。

"你小子试着把黄瓜切一下。""放在面包里夹紧。"

我爸爸早上经常给我们做烤三明治吃。他常叫我去厨房帮忙，慢慢就变成了我们两个人一起做早饭。在炉上烤三明治时，爸爸会一边抽烟一边冲咖啡。那时候他的背影在我眼中真是无比地帅，我从心里想成为他那样的男人。

吃完饭两个人收拾碗筷的时候，她对我说：

"你做的和外面餐厅里的一样好吃！你很喜欢做饭吗？"

"有人愿意吃的话我就愿意做哦。"

"明白了。我每次都高高兴兴地吃的话，你也会很高兴吧？"

"我也很喜欢去研究做饭的流程呢。"

"实际上这正是我最不擅长的地方。"

我一开始觉得这只是她在谦虚罢了，但我从她的眼睛里看不到一点儿笑意。

"为了让你们吃着香，要尽量让所有菜都能趁热上桌。

这样的话，我就会经常一边考虑从哪个食材先开始下手，煮这个的时候开始切那个什么的，一边做菜。这个过程我很不喜欢。"

"真的么？不可思议，你为什么会考虑这个呢？"

"我自己也不知道……另外我也不喜欢急急忙忙地做东西。"

"早上也是这样么？"

"嗯，但是早上早起对我来说很痛苦呢。"

我回想了一下啊，从同居开始，她早晨在上班的电车里合上书睡觉的时候居多呢。

能和她把话说开挺好，以后，我决定早饭尽量由自己来做。

我们的生活还发生了一点改变，就是开始在家里一起看电视剧和电影了。

电视机我以前一直是为了给生活添加点儿背景音乐而打开的。当我们生活在同一个屋檐下后，自然而然地也开始看同一类节目。她对电视里播放的节目预告非常敏感。

"这个新电视剧，肯定很有意思，对吧?"

"确实，这个节目肯定很受女性欢迎。我还是比较喜欢周三晚上 10 点播出的那个片子。"

"啊，我也喜欢! 我们一起看吧。"

就这样，在这个电视剧播出的三个月时间里，周三成了我们俩特别的日子。为了看电视剧，这天我们总会尽早下班回家。就是这样一件微不足道的小事儿，让我们一起度过了一段欢乐的时光，也让我发现了她新的一面。她无法接受"让小孩子悲伤"的剧情。当我在不经意间评价女主人公一句"真可爱啊!"的时候，她会边说着"哎，你觉得可爱啊，也难怪"，同时流露出受伤的表情。这时候的她，我觉得才是世界上最可爱的人。

当电视里的音乐节目中播放怀旧金曲时，我们两个人会异口同声地感叹:"好怀念啊!"

"我高中的时候经常在卡拉 OK 里唱这首歌呢!"

"我小学吃午饭的时候学校经常会放这首歌。"

一瞬间，空气中流动着一丝不安。

"啊？小学生?! 那你肯定不知道 BP 机这种东西吧?!"

"我听是听说过，但是不知道怎么用……"

"数字打字（用 BP 机发信息时，通过数字打出文字的方法），你不知道?! 这样啊。"

她完全不顾是自己引发的话题，自己先自顾自地生起气来。

有的时候，晚上早早下班后，我想和同事一起去居酒屋喝酒，或者想一个人喝咖啡消磨时光。也有的时候，早上和她吵了架，晚上我很不情愿回家。但是即使这样，我的双脚总是不知不觉地把自己带回家中。

第一次和她吵架，好像确实是因为做家务的事。

吃完晚饭后，她开始刷碗。我把这件事放手交给她后，为了一个自己很感兴趣的项目而自顾自地打开了电脑。

正当我就这样工作着的时候，耳中洗盘子的"哗啦哗啦"的声音，逐渐变成了"咔嚓咔嚓"的声响。

"我在刷碗呢，你在干什么呢？"

"有点工作上的事儿，就打开了电脑。这边弄完了我就过来帮忙。"

"我不需要你帮忙，我要你和我一起弄！"

"好吧，一会儿我去打扫浴室吧。"

"就现在！"

"我现在也不是在玩儿啊！"

我一边说着，一边勉勉强强地动了起来。就这样，在沉闷的气氛中干完家务后，我一句话都不说就躺在了床上。我心里别扭极了，辗转反侧，无法入眠。明天早上还要早出门呢，正在我困意将至的时候，耳边响起了父亲的话。

"你回来啦。吃些点心，然后一起去晾衣服。自己的事情要自己干。"

对呀，家务不是我去帮忙就行的，而是要一家人一起干才行。

我一下子翻身起床，朝着她在的客厅走了过去。

家务要做就一起做，休息的时候大家一起休息。一起干的话家务也会很快干完，节约下来的时间就可以干喜欢的事情。这是我们制定的第一条家规。

　　但即使是这样，没法否认的是，每天为了去保育园接孩子而提早下班的她干的家务总是会多一些。为此，她想出了一个好办法，就是干完家务后，将做家务的情况通报给对方。

　　晚上，我下班回家后，她用不耐烦的表情对我说：

　　"今天我洗了好多衣服，和以前不一样，衣服真的很多哦。"

　　"是吗？谢谢！"我对她说。

　　"嗯，你知道感谢就行了。"她边说着边抚摸着我的头，脸上也浮现出了笑容。

　　第二天是星期六，我也不服输似的对她说道：

　　"今天我把浴室什么的沾水的地方都清理得亮闪闪的哦，清洁海绵都快用没了！"

　　"真厉害！谢谢！"她马上笑着对我说道。

这是我们之间的一个新发现。虽然我无法很好地用语言表达，但是就是有一种得到回报的感觉。我确信，一句"谢谢"，就能让我们之间的关系发生180度的转变。

做家务的意识发生转变后，我们短信交流的内容也开始发生了变化。

有一天晚上，本来说好的同事聚会突然临时取消了，我在公司的电梯里给她发短信。我编写了"晚上给我留饭了么?"的短信，正要按发送键的时候，连忙按了好几次取消键。因为我意识到自己这样做肯定会给她添负担。那么，换一种方式怎么样呢?

"肚子好饿啊。"

看到这样的短信，她一定会回信告诉"家里有饭哦"或者"家里没给你留饭哦"的吧。

如果看到"家里有饭哦"，我就回信说"谢谢"；如果看到"家里没给你留饭哦"的话，那么我就告诉她"冰箱里的乌冬面可以做烧乌冬吃，要不然我在回家的路上顺便买点儿什么回去吧"。

想到这里，我一个人笑了起来，好像掰开了电梯门一样飞奔了出去。

即使是这样，现在回想起来，我们在同居的时候还真的吵过不少架。

她是那种将不满憋在心里，通过冷战来向我示威的人，但是，忍到最后总是会爆发出来。

而我是那种不知道如何积极地将不满表达出来的人。但是，最后也总会和对方起冲突。

也就是说，我们两个人都是那种心里有话就一定要和对方去争论的人。因此，吵架就变得必不可少。

我们大部分吵架都发生在早晨。早上起床很困难的她，总是借着起床气将心中的不满发泄出来。住在一起后我才发觉，她并不是那种把心里想的事情一股脑都说出来的人，反而类似于一种完美主义者，将细微的不满与不安，都通过紧闭的嘴唇封印在口中。

我经常努力去寻找能打开她嘴唇的"拉链",但是还未成功,就到了必须要上班的时间了。因此,第二天早上,她的态度就变得更加冷淡了。

可能所有女性同胞都是一个样子吧,负面的情绪想要压抑的话是可以压抑住的,但是却无法自行消除,积攒到一定时候就会爆发出来。对于我来说这种爆发是突然的,在我还不知道发生了什么的时候就一下子爆发出来了。

这个时候,问明显已经生气的人"你为什么生气啊"也是需要相当的勇气和耐心的。况且,男人还是那种很擅长对外界"视而不见"的生物。在早上忙忙碌碌的时候,拿出勇气和耐心本身就是一件很麻烦的事情,于是我就理所应当地置之不理了。这样,事情就变得更加糟糕了。我们之间为此发生过很多次争吵。

在经历过多次同样原因吵架后,我认真地和她谈了一次。

"不告诉原因就随便生气,我觉得这样不好。有什么事儿都可以跟我商量。心里想什么就说什么,这不是家人之间应有的礼仪么？”

"……"

"你想清楚要说什么再跟我说也行，我会一直等着的。"

过了好一会儿，她终于开口对我说道："实际上吧……"我这才知道是我的一句无心之言引发了这次矛盾。

"对不起啊，我的话不是你想的那个意思，我的本意是这样的……"

听了我的话，她的表情渐渐柔和了下来，这时，她终于放下了心中的怨气。

"原来是这样啊……那句话我一直耿耿于怀，以至于和孩子妈妈们一起吃午餐时都闷闷不乐。孩子不做作业时，我也感觉比往常更加烦躁。真是个恶性循环啊。"

"我能理解，所以我想听你说出来嘛。我不知道原因的话，想道歉也不知道怎么说，误会永远也不会消除。今后有什么小事儿，都可以跟我商量。"

"嗯……对不起。"这次轮到她和我道歉了。

我们走到这一步，真的花了很长时间。

我过去也有过谈恋爱的经验。学生时代的我，一旦感受到对方有要分手的意思，就会害怕得逃走。因为没有勇气和耐心去问对方到底如何看待与我的关系，总是能拖就拖，最后就成了分手的导火索。正因为过去这些不愉快的经历，我现在才下定决心要和过去那个"讨厌的自己"说再见。有很多时候我也对一些事视而不见，但是事后总会反省"啊，这样逃避还是不行啊"。就在这样的反反复复中，我长大了。拖着疲惫的身躯夜里11点下班回家，我想着"今天晚上估计不说上三个小时不能解决问题吧"，但是即使是这样，我也会下定决心对她说："让我们谈谈吧。"

就这样日复一日，我养成了时时刻刻去确认她心情的习惯。

让一个男人去洞察女人的心情肯定是不可能的，如果不直接去问对方，肯定不了解对方在想什么。

我工作忙的时候，可以想象到她心中的压力在一点点积攒起来。

到了好不容易才申请到的带薪休假的早晨，我给了她几个选项。

"今天是大家一起出去玩儿？还是想一个人待着？"

"嗯，没有啥特别的想法。"

"这样啊，其实我既想……，又想……。"

"不错啊。"

"那么上午我们一起做家务，下午出门去……吧。周日上午出门，傍晚回来做家务。第二天是周一，我还休息，我们就可以这样轻松地度过了。"

如果完全不去考虑另一半而随口一问"今天想干吗？"的话，女性是很聪明的，她们马上就会看破你，觉得"这个人什么都没考虑，只是尽义务般随便问一句罢了"。进而回一句："你问我我问谁？"这时男性要是再接上一句"什么想法都没有？怎么会什么想法都没有呢？（为了照顾你心情才要请你出去玩儿的！）"的话，马上就会开始吵架。因此我觉得，既然要为对方考虑，就要怀有一颗真诚的心，光是为了自我满足是不行的。这点算是我的一点心得吧。

对她自然没得说，对朋友、同事、家人等周围所有人的话，我其实都尽可能地聆听。这就是我的性格。即使是这样，我之前从来没有意识到，"当场"就听进去对方所说的话是这么重要的一件事。

妈妈其实就是我一个很好的倾诉对象。我高中毕业后，准备去即将入学的大学办理一年休学，利用这段时间去海外学习音乐时；我最终放弃留学，进入大学学习后，却发现打工比上课有意思，开始打算要退学时；我最终决定大学退学时；我决定和现在的妻子结婚时，每次能和我推心置腹交谈的，都是妈妈。结婚之后，承担这个工作的人变为妻子。

现在回想起来，能和妈妈推心置腹，是因为妈妈也曾经把自己的事情讲给我们这些子女听，无论是工作中的事情，还是日常生活中的喜怒哀乐。不把这些事情告诉子女恐怕也算是做父母的一种美德吧。但是妈妈却将所有的事情，连自己失败出丑的事情一起，都吐露给子女。正是通过这样的方式，妈妈巩固了自己在家庭中的地位。这点和妻子是一样的。

听了妈妈和妻子的话，我有时会觉得"为这么点儿小事值得那么大惊小怪么?"但是，常常听到这样的抱怨后，我在不知不觉之间，对自己的心声和他人的心情变得敏感了起来。

我最近常常想，可能女性追求的，就是我这样"善于聆听"的男性吧。

Chapter 8

登记结婚

2009.5

8月份的烟花大会上我向她求了婚，10月份我们就开始了同居生活。

三个人挤在一起，度过了那个冬天。在一天夜里，电视剧的最后一集中出现了婚礼的画面，看到这里，她痴痴地对我说：

"如果我能再结一次婚的话，我希望那是在我三十岁之前。"

大儿子此时进了保育园大班，相貌也逐渐发生了变化。他对我说：

"我希望有个弟弟，还有个妹妹。"

如果没有他们这样天真无邪的话语，既年轻又不成熟的我，很可能还会把结婚这件事无限期地推延下去呢。虽然求了婚，但最重要的结婚登记的事儿还没有和她商量，甚至可以说当时我还没有完全考虑好结婚的事儿。

"他现在也经常对我说，既想要弟弟又想要妹妹。"

晚上，她坐在沙发上，盖着毯子，喝着热可可对我说道。

"在保育园里，他已经成为年龄最大的大哥哥了嘛。"

"……嗯，可能是因为这个原因吧。"

她把盛满热可可的杯子放在嘴边久久不肯拿开。之后，对我说："咱们聊两句行吗?"随即用遥控器关掉了电视。

"我之前也跟你说过，那孩子是我接受不孕治疗后好不容易才怀上的孩子。"

"嗯，我记得这个事。"

"如果那孩子想要弟弟妹妹的话……我们不得不考虑一些现实问题。"

我明白了她想对我说的话，如果想要孩子的话，现在就要开始接受不孕的治疗。

"在接受治疗的过程中，有可能会需要丈夫的同意书。因此，对于还没有正式登记结婚的我来说，现在开始治疗的话恐怕会有些不合适。"

"嗯。"

"我的岁数也不小了，如果要治疗的话，还是尽早开始为好，小 Shin，你是怎么想的呢?"

我一时无法做出回答。

实话实说，那时的我，第一次开始对结婚这件事产生了动摇。

"给我点儿时间，让我仔细想想。"我努力从喉咙中挤出了这句回答。

第二天，自和她同居以来，我第一次下班后没有直接回家，而是自己去了一家咖啡店。在柔和的灯光下，很多年轻人在这里享受着一个人独处的时光。

我一边喝着摩卡咖啡，一边在心中反复询问着自己。

结婚真的好么？我到底在怕些什么？结婚究竟会改变些什么？

此时，我终于意识到了，如果我们结婚的话，大儿子理所当然地会随我的姓。这时，我为自己遇事只考虑自己的行为感到无比地羞愧，咕咚一下喝了一大口摩卡。

大儿子三岁的时候，已经改变过一次姓氏了，马上再让他改一次姓的话，我总觉得有些不妥。当然，在现在这个社会里，改一两次姓也不是什么稀罕的事情。但是，对于大儿子来说，由于父母离婚，他已经有过一段改变姓氏后在保育园这个小社会里重新奋斗的历史了。因此，就让他用现在的姓氏一直生活下去不是挺自然的么？这是我当时最真实的想法。放下只喝了一半的摩卡咖啡，我走出了店门。

回到家里，她还没有睡觉。

"吓了我一跳。也不发短信给我，我以为你还在公司呢。"

我连衣服也没换，穿着西服就坐在了桌子旁边，将在咖啡厅里想到的东西一股脑儿地说给了她听。她的表情中浮现出了难以隐藏的惊讶。

"你这是什么意思？果然还是不想结婚吗？"

"我想和你结婚！但是刚才我告诉你的是我比较担心的地方。"

我将自己还没梳理清楚的想法毫无保留地告诉了她。她沉默了好一会儿，对我说了一句"知道了"，就什么也没再问，起身去为我准备晚餐了。

无聊的日子一天一天地周而复始。

我到底应该怎么做呢？无论我走到哪里，眼中看到的都是别人幸福的家庭。

到了现在，我才渐渐明白了自己父母生气的原因。

实际上，我将自己想要和她结婚的事情告诉父母后，我父母，特别是我父亲表示了强烈的反对。

在父亲眼中，大学没读完就退了学，才进入社会两年的我，就如同刚从鸡蛋里孵出来的小鸡一样。然而结婚对象却是一个比我大六岁，离过婚，并且带着一个五岁小孩儿的女人，父亲无论如何也无法接受。

"对方女孩儿姑且不谈，你有能力对人家孩子负责吗？"

"你才23岁。可能你自己没有意识到，你还是那么年轻，在今后的人生中，你还会遇到很多缘分，现在就做出选择，你不觉得有些太着急了吗？"

当时电视里正在播放"继父因为虐待孩子而被捕"的新闻，这让我的家人更加不安了。父母同时也很在意周围人的目光，他们不知道应该如何向亲戚们解释我的事。

我想应该让父母见一下她，就把她叫到了家中，结果父母还是表现出了极大的反对。逐渐理解到父母真实想法的我，在多少受到了些打击的同时，也重新拷问了自己的内心。最终，我还是想和她结婚。即使我的想法会让某些人为难，会让某些人悲伤，但是，我还是选择尊重自己内心最真实的想法。下定决心后，我又再一次向父母表明了心声。

"明白了。既然是你小子决定的事情，我们也就不再说什么了，你自己做主吧。但是，我们还是反对的，因此你不要指望能得到我们的任何帮助，明白吗?"

我说了一句"明白了"，就站了起来。随手关上父母家的门，我心中想着：可能再也不会回到这个地方了吧。

面对完全不知道和带着孩子的女性结婚意味着什么的我，也难怪父亲会发火。但是，这个时候已经指望不上父母了，我能商量的人也没有了。她和我之间的话也变少了，两个人经常为了一点儿芝麻绿豆般的小事儿就大吵起来。

这时候，我们家里的邮箱里，收到了这样一张明信片。收信人写着她的名字，背面用艺术体文字写着"婚礼体验活动"。

"这是寄给你的。"我把明信片递给她后，用审视的目光看了看她，就坐在了沙发上。

"现在不是又到了举办婚礼的季节了吗? 有很多地方可以做婚礼体验呢。"

"这个明信片上写的也是这种活动?"

"嗯，在横滨港未来区的婚礼会场中，有一些很不错。"

"啊？横滨港未来区？这样啊？是什么样的地方啊？"

现在回想起来，正是这张明信片，成为我们决定登记结婚的一个契机。

虽说是体验，但是实际去婚礼会场的话，仅仅抱着玩一玩的心态也是不行的。在婚礼体验的前一天晚上，我大大方方地泡了杯咖啡，坐在了桌子旁。

随后，我将自己深思熟虑的结果告诉了她。

"我决定自己改姓，你们什么都不用变。这样的话，就不会有什么问题。我们结婚吧，三个人一起幸福地生活!"

我觉得她肯定会吃惊，她却第一次露出松了一口气般的笑容。

从她的表情中，可以想象得出，这段日子她都是怀着不安的心情度过的。

随后，她马上"哎"的一声感叹了起来："你要改自己的姓?!"

针对我要改变自己姓氏的决定，不仅仅是她，连公司的同事和朋友都感到了震惊。当然，我做决定之前也是一直在犹豫。我来到这个世上时被赋予的姓氏，可能马上就要改变了，想到这里，我在笔记本上写下了新的姓氏。我其实比想象中更爱自己的姓，这里也有着"因为是男人……"的意识在作怪吧。就在我还在犹豫的时候，我们从役所①拿回来的结婚登记表中有一个"选择夫妇哪一方姓氏"的选项。选择我的姓氏会怎么样呢，选择妻子的姓氏又会怎么样呢，我在头脑里反复斟酌着。我闭上眼睛，认真拷问着自己的内心，对于我来说，究竟什么才是第一位的。

令人感到不可思议的是，这时候，在我背上推了一把的，反倒是父亲最后对我说的话。

我已经无法回头了，也没有可以回去的地方了。因此，我要用自己的力量让她和大儿子幸福，我要构建一个世界

---

① 役所，相当于中国的街道办事处，是地方行政机构办公和处理区民事务的地方。

上最幸福的家庭。这是我此时最纯粹的想法。

于是，我看到了一个闪着柔和的光芒的宝物。

这个宝物，不是我对姓氏的爱与执着，而是大儿子的笑容。

这个笑容已经深深烙印在我的心里，我也仿佛被它所感染，绽开了笑容。

"这样的选择不是也很有趣吗？"

我不再疑惑，在妻子的姓氏旁边用尽气力打了一个对勾。从母亲那里继承的积极向上的人生观仿佛在后面推动着我。我们面临的障碍越大，人生不就越有趣吗？

连她的父亲都被我的做法震惊得要一屁股坐在地上了。他也尝试着说服我放弃这个想法。

"这样真的好吗？真的？其实不改姓不也没事吗？小孩子比你想象的要坚强多了。这点儿小事，不会影响他的。"

"谢谢您！"我向一直为我考虑的岳父大人表示了深深的感谢。

"我最真实的想法是，结婚这件事本身最重要，姓氏什么的都是次要的，和妻子一个姓氏也没问题。我已经是成年人了，会想办法去解决改姓造成的麻烦。比起这些，我觉得我们三个人重新组建家庭，迈出人生新的一步才是最重要的。"

改姓这件事，实际操作起来其实特别麻烦。公司、役所、合同相关事宜、银行户头、驾照、护照、印章，我真想告诉这世上的所有男同胞一下，改姓真的不是一件简单的事情①。相关手续只能在工作日办理，因此不请假的话就不行。这其中，有很多需要"把旧证件作废，重新办理一张"的情况，真的非常烦琐。

但是，几乎所有已婚女士都经历过这样烦琐的事情。我作为一个男人，也没有什么不能做的。对于我来说，如果做这么点事情，就能在不给大儿子添麻烦的情况下结婚，我反而觉得很幸运。一想到能在大儿子的相关文件中"保

---

① 在日本，结婚时一般都是女性将姓氏改成丈夫的姓氏，因此男性不知道改姓有多麻烦，故而作者在此有这样一句感叹。

护者"一栏内堂堂正正地写上自己的名字，我就感到很高兴。之前只能在保育园外等孩子的我，今后可以堂堂正正进入园内参观了，这点也让我特别自豪。

顺便提一句，我虽然在公司正式提交了《姓名变更申请书》，但是，为了方便和客户对接，在工作上公司仍然让我用旧的姓氏，也就是说，我公司的抽屉里，从此有了两枚印章。

不知情的同事有时会对我说："啊？这个姓氏，不一样了啊？""哈哈哈……是啊，和以前不一样了。"我每次都是这样一脸自豪地笑着回答。"啊？真的？厉害啊！你小子可真酷！"每每看到同事惊讶地睁大了双眼的样子，我总感觉夫妇不同姓的时代恐怕离我们也不远了吧。我们的选择如果能成为某些人改变自己的动力的话，那将是一件多么光荣的事情啊。

与此同时，我和她还认真地去研究了一件事情。

就是大儿子户口上的名义应当如何去填写。

孩子年龄还小，就这样把自己的亲生父亲忘了也未尝不可。但是，到了懂事的年龄后，当他看到自己的户口本上父亲一栏有两个名字时会怎么想呢？如果要把我和他的关系处理成"收养养子"① 的话，他的户口上就会被写上"养子"二字。而在我们马上就要组建的新家庭里，他的身份可是"长子"啊。看到这些时，他不可能什么想法都没有的。我和她就这个问题聊了很久，最后决定不采用"收养养子"的方式。但是这样的话，当我一旦有什么意外，财产又该如何去分给每个家庭成员呢？最后，我们决定等大儿子长大之后，征求他的意见后再决定具体怎么做。

就这样，在那年 5 月某个晴朗的日子里，我们正式成了一家人。

在从区役所回来的路上，我们三人手牵着手。我对他们俩说：

"谢谢你们让我成为这个家庭的一员。"

---

① 在日本户籍法律中，收养没有血缘关系的人成为儿子（比如再婚）时，有一项专门的对应方式叫作"收养养子"（日语中称作"养子缘组"）。

妻子的眼眶被眼泪打湿了，她红着脸看着孩子。大儿子看看妈妈，又转脸看看我。我一下子握紧了手里拉着的他的手，对他说：

"你原来那个爸爸，就是到目前为止一直见面的爸爸，今后可能好久都见不到了。但是如果你想见真正的爸爸了，随时都可以见到哦。"

大儿子好像认真地听进了我的话，而证据就是，他带着困惑的表情一直盯着我的眼睛看，随后突然笑着跑了起来。

"我知道啦！"

Chapter 9

准
备
婚
礼

2009. 7

我一直觉得，只要登记结了婚，就算成功组建新家庭了。

"小 Shin，婚礼的话，咱们办不办啊？"

在夏日的夜空下，我们俩并排站在狭小的阳台上，她一边寻找着织女星一边对我说。

"你这么一说，我还真没考虑过这个问题。"

"我这是第二次结婚了，办婚礼只请亲戚也没问题的。"

"嗯嗯，是啊。但是婚礼要花不少钱，而且……"

"而且什么？"

"我那边的亲戚，估计没有人会来参加的。"

她没有再说话，只是脸上露出了悲伤的笑容。

我父母不但反对婚礼，连见我妻子一面都不肯，这件事情在我心里留下了深深的阴影。随着日子一天天地过去，我的心里逐渐产生了积极的想法：正因为父母的拒绝，才让我可以坚定自己的信念，即使不得不和谁为敌，我也一定要让妻子和孩子幸福。

与此同时，通过这件事，我明白了"人生不如意事十之八九"这个道理。或许只有正确对待人生中的"不如意"，才能够收获真正的幸福吧。

即使是这样，我也不想完全与自己的父母断绝联系。为此，我决定通过写信或者邮件的方式向他们报告自己的近况。如果他们回信的话我当然会很高兴，即使不回我也不在意。这样坚持下去的话，我坚信总有一天问题能够得到解决。

婚礼，其实就是向外界宣告自己结婚了的仪式。即便我这边的亲戚不能来，还有很多可以宣告的对象，如好友。

"我觉得还是办一场婚礼比较好。"

"为什么?"

"我在收获了一位妻子的同时,也拥有了一个儿子。因此很难像单身时那样毫不顾忌时间地工作了。所以,我觉得怎么也得将结婚这件事通过婚礼告诉公司同事吧。"

"你的意思是希望家里有什么事的时候可以在公司里寻求他们的帮助?"

"对,就是这个意思。"

实际上,随着我的家庭成员逐渐增多,工作与家庭两者无法兼顾的时候越来越多,很多时候在公司里能帮上忙的就只有同事们了。

"你小子不是一个人了,还有需要你照顾的家人。我们既然知道了这件事,作为同事,就有保护你的责任。所以不要什么事儿都自己一个人扛着,有事情先跟我们说。"

同事们的话,让我真正理解了举办婚礼的意义。

不管怎么说,婚礼算是夫妇间遇到的第一个困难。经常听到"成田离婚"① 这个词，我估计也有不少"婚礼离婚"的例子吧。

很快就到了在预约的横滨港未来区婚礼会场第一次开会的日子。当婚礼策划师问我们"想举办什么样的婚礼"时，妻子向前探出身子说：

"我们想举办一场只属于我们自己的原创婚礼，比如座次牌和婚礼进程说明表等，都由我们自己手工制作……还有，装饰品也是！"

"对对！"我也赞同道。

"这样的话，让我们先一起收集材料吧！"策划人也想好了如何帮助我们。

"我们两个一起动手制作哟。"

① 成田离婚是日本 20 世纪 90 年代后期出现的一个新词，指结婚后不久的夫妻在蜜月旅行结束后即离婚的现象，该现象属于闪电离婚的一种。成田国际机场是日本最主要的国际机场之一，而日本的新婚夫妻多偏好出国度蜜月，成田机场也成为新婚夫妇蜜月旅行的必经之地。而在蜜月旅行中，新婚夫妇因一些琐碎事项导致双方生活习惯中的缺点暴露，引发不和，最终在抵达成田机场后提出离婚的现象即"成田离婚"。这一现象在关西地区也称"关空离婚"。

妻子在话中特别强调了"一起"两个字。

"当然了。"我轻松地回答道。

但是，现实并没有我想象中的那么简单。我总是习惯于把时间优先在工作上，而手工剪纸等有关婚礼的工作就被拖延到了周末。但是到了周末还要去照顾孩子，最后总是累得和孩子一起睡了过去。

当时妻子也在上班，因此工作不能成为我的借口。完全是因为我把事情想得太简单了。

大部分时间都在一个人做手工的妻子，理所当然地将心中的愤怒爆发了出来。

和往常一样深夜里回到家的我，看到正在认真做着婚礼座次表的妻子，随口说了一句"啊，差不多都做好了啊"，就边看电视里的深夜搞笑节目，边去热晚饭去了。

突然听到妻子暴躁地将纸张放在桌子上的声音，我回过了头。

"喂，举办婚礼是为了谁啊？"

"啊？"

"我已经举办过一次了。但是，是谁跟我说要再好好举办一次的？"

"……是我说的。"

"要这么做，要那么做，明明是我们两个人一起商量的，凭什么我要一个人收集材料啊？凭什么让我一个人又查资料又打电话啊？凭什么让我一个人又剪纸又贴纸啊？我虽然喜欢这样细致的手工活儿，但是两个人一起做才有意义不是吗？一个人做的话，举办婚礼还有什么意义啊？干脆取消吧。"

妻子一生气就会失去理智，我努力保持着冷静，看着她发牢骚，心中逐渐生出了一种恐惧。她没准儿真的打算取消婚礼也说不定呢。

"但是，应该干的事儿我一件也没少干啊。"

她一言不发地看着我。

"比如邀请出席者，去确认能来参加的人是否对某种食物过敏，这些事也很麻烦呢。"

"这点，我也一样，也不轻松。但是，现在完全没有两个人一起准备的感觉。"

做家务时也一样，对于妻子来说，"一起做"这点比什么都重要。

"对不起，我知道了。关于想举办婚礼这件事，我的态度一直没有改变。我会更加努力地去做的。"

关掉电视，我一边吃饭一边看着妻子做手工，努力学习着制作方法。刷完碗后，我也开始尝试着去做了。

"啊？这么简单的事情，怎么让你做成这个样子？"

伴随着妻子的这句话，我一头倒在床上进入了梦乡。

最后，我也就那天晚上自己动手做了些婚礼用品而已。这样的我，招来妻子的不满也算是活该吧。

借着登记结婚的契机，我们把各自的钱都合在了一起。房租、生活费、小孩子的花销，在这个基础上又加上了举办婚礼的钱。与此同时，对于我们来说，不孕治疗费也算是一项很大的支出。治疗的大部分费用都无法走医保，因此实际开销很大。所以，我们出现了钱不够花的情况。

此时的我，如果不尽可能去多赚钱的话，就真的走投无路了。而此时的她也正在被不孕治疗的副作用折磨着。我们彼此都感到了身心疲惫。

"为什么婚礼都要我一个人准备啊？"

"话虽如此，但是我不工作的话，哪儿来的钱呢？"

那时，我们心中已疲惫得无法去更多地容纳对方的痛苦，就只能一味地将自己的苦恼强行灌输给对方。当彼此都无法理解对方的心情时，自己心中的苦闷就进一步加重了。

婚礼策划师这项工作，实际上是非常了不起的。负责给我们策划婚礼的策划师，已经察觉到了我们俩之间的关系正在陷入最低谷。

"下次开会，让我们一起商量一下会场的事情吧，正好这几天会场空着呢。"

已经在认真考虑要取消婚礼的我们，对策划师的提议，当然提不起兴趣。但是，为了不辜负策划师的辛勤付出，我们还是勉为其难地出席了会议。我们虽然在走路时还保持着一定距离，但是一走进会场，就被里面洋溢着的幸福气息所包围了。我们俩憔悴不堪的心，也仿佛逐渐被治愈了。

在开会之前，策划师悄悄地把时间和空间留给了我们两个人。

看到妻子露出比以往都要温柔的表情，我脱口而出道：

"我说了好多过分的话，对不起。"

"我也是，对不起啊。当时，我本来的意思是……，但是完全没能很好地表达自己的意思。"

"嗯。"

"一吵起架来我就说不出口了，其实我本来的意思是……。"

"嗯。"

"第二天，其实我应该好好解释一下的。"

"我真想回到那天晚上。为什么当时我没有控制好自己的情绪呢，离开桌子就坐在沙发上假装工作，我真是……哎。"

"我也是，应该好好对你说的，只是被你的态度吓到了，什么话都不敢对你说了。"

"对不起啊。"

之后的我们仿佛完全没有吸取教训，不知道像这样吵了多少回架，又像这样和好了多少次。

半夜里大吵一架，为了逃避对方而直接上床倒头就睡。第二天早上起来，两个人一起去公司时，理所当然地就又会大吵起来。这样的状况恐怕还要持续好久吧。为此，我仔细想了一下。虽然工作堆积如山，但是现在对我来说，优先度最高的事情到底是什么呢？想明白后，我对她说："如果方便的话，今天我们都请一天假，好好把目前的事儿聊一聊吧。等到下班的话，估计事情又会变得更糟。"

如果在家里聊的话，可能又会像昨晚那样越聊越激动，因此我们直接去了咖啡店。凉凉的冰咖啡让我的头脑冷静下来后，很意外地，我轻松地接受了她的提议。"真搞不懂我之前一直在纠结什么。"她也如是对我说，说完就笑了。

不知不觉，时间到了中午。

"对了，好久没吃那家店的汉堡包午餐了，我们一起去吧。"

大吃一顿后，我们俩手牵手，一起走在了接孩子的路上。

婚礼举行前一个月，我被公司委派了一个大项目。老天爷仿佛就爱如此恶作剧。

我的工作随之变得非常忙，有时连闭眼小睡一会儿的时间都没有。在这样的状态下，我几乎没有精力去考虑其他任何事情。妻子虽然也在上班，但是我只能将家务、育儿以及婚礼的最后安排等工作全部一股脑儿地扔给了她。妻子在做家务时一脸不耐烦地把东西弄得叮当乱响，而我只能默默地对此装作视而不见。

"喂，我们聊一下吧。"

深夜打车回家后，我发现她还在等着我，看来她终于决定要爆发了。然而，此时的我真的已经精疲力竭了。

"实在对不起，你想说什么以后再说行吗？我这边也有很多事情要处理，头脑中已经装不下其他事情了。目前我能做的只有集中精力把手上的工作做好。对不起啊。等项目结束后，我们一定找时间好好聊聊。"

我选择了逃避。

她沉默了好一会儿后，静静地长叹一口气，对我说："知道了，就这样吧。我们的关系继续这样毫无改善的话，在一起也不会有将来的。这样我们在一起也毫无意义。我一直等着你反省自己呢，可是你却是这个态度！"

看着她走进卧室，我连上去追她的气力也没有了，冲了个澡就上床睡觉了。第二天早上，我在她醒来之前就去了公司。

那天晚上，我收到了她的短信，是 17 点 20 分的时候。估计这个时候她正在下班后赶往保育园的路上吧。

"我去接孩子了，晚饭在周围的家庭餐厅①吃。你回家后，把自己的行李收拾一下吧。"

我看着手机屏幕感到了一阵茫然，这时，手机又传来

---

① 家庭餐厅（Family Restaurant），日本餐厅的一个类型，氛围适合全家聚餐，价格也比较便宜。

了一阵短促的震动。

"我们已经无法继续和平相处下去了。再在一起的话，剩下的只有互相伤害。

"所以，我还是选择和孩子两个人一起过。我真的害怕我们俩之间的吵架会伤到孩子。

"我自己的事情还是自己处理吧。你一个人自己过，全心全意去处理工作就好。我只想一边工作，一边带着笑容去抚养孩子长大。"

我此时一股怒气油然而生。被愤怒冲昏头脑的我，手指动了起来。

"知道了，那就这样吧。"

我将手机摔在桌子上，继续投入工作之中。说实话，我当时并没有闲心为工作以外的事情烦恼。放耳听去，周围都是快速敲击键盘的声音；放眼望去，周围都是同事忙碌的身影。

然而将双手放在键盘上后，电脑画面中的内容无论如何也映射不到我的头脑里。我的心中焦虑极了，脑子里浮现出的是她短信中的一字一句。"家里的事儿以后再说，现在先不去想它。"我在心中不断默念着。然而，即使这样，我的双手还是无法移动。怎么会这样呢？我不断思考着。突然，我明白了，这是因为我听到了她真心话。

我现在真正应该做的是什么呢？想到这里，我一下子关掉了电脑的电源，一边穿着外套一边走向上司的办公桌，高声说道：

"实在对不起，我现在有点儿急事儿，今天先回家了。明天早上我会早点儿过来工作的。"

在电梯里，我给她发了短信。

"我现在就回家。"

她没有回信息。

在回家高峰时间的喧闹声中，我回想起了刚开始和她交往时的一段对话。

"我方便问一下吗？你和前夫是为什么离的婚啊？"

妻子把事情原原本本地告诉了我，最后又补充了一句："也就是所谓的性格不合吧。我一直在忍着，最后到了

138

极限。"

我们最后也可能是这个结局。

我焦虑极了，不安的心情仿佛将我的心脏都要融化了。我眼前的电车座位是空的，但是不知道为什么我就是坐不下去，只得选择离开。

电车逐渐驶向了我家附近的车站，我的心情也逐渐平静了下来。我们的关系将会走向何处恐怕谁也不知道。我现在能做的，只剩下和她好好谈谈了。

深吸一口气，我打开了家庭餐厅的门，正好遇到准备结账的他们俩。

"啊，爸爸！你回来啦！吃饭了吗？"

大儿子扑过来让我抱抱，我抱起天真无邪的孩子时，再一次认识到："让这个孩子感到悲伤的事情，我绝对不能干！"

"我来晚了，对不起。我回家是因为有话和妈妈说。"

天色渐渐暗下来，傍晚的公园仿佛成为大儿子第一次接触的特别世界，看着他忘乎所以地四处奔跑的样子，我张口对她说：

"对不起。我看到了你的短信后，才想起了什么是对自己最重要的。"

"嗯。"

"能再给我一次机会吗？"

"嗯，知道了。但是——"她喘了一口气后又接着说道："有点儿太慢了。"

这时，我们第一次彼此看着对方的脸庞，一下子笑了出来。

不管怎么说，我们彼此都给了对方难以想象的伤害。即使这样，我们还是一起牵着累得眼皮开始打架的孩子的手，回到了共同居住的屋檐下。这时，我第一次学会了感恩。这是那年由夏入秋时所发生的事情。

现在我也时常会去想象，当时如果我不理会她而选择继续工作的话，我们的关系现在又会变成什么样呢？

"我跟你表白那天，你也对我说过'太慢了'这句话吧，这是不是已经成了你的口头禅了啊?"

孩子睡着之后，我把盛满咖啡的马克杯端到了她面前。

"我说的都是真的嘛。"

她好像在享受着咖啡散发出的香气似的，将马克杯用双手握了起来。

"你总是爱想一些复杂的问题，给周围人啰啰唆唆的感觉。其实有时候一句'对不起'就完全可以解决问题啊。那时你说这么一句的话，现在我们不是能过得高高兴兴的吗? 反应太慢了!"

"这是我的坏毛病吧。我今后会注意的，真的对不起。"

我在妻子旁边坐下来。

"哎，我也有很多不好的毛病。"

一直沉默着，一直隐忍着，然后突然爆发，这就是她的坏毛病吧。

"你总是沉默着不说话，看起来我们的举动正相反，但是实际上却是一样的。"

"我不想让对方受伤，所以总是忍着不说出来嘛。"

"但是，我们俩之间，这样根本解决不了什么问题，最后只能演变成互相伤害。"

"嗯，以后我想到什么，都会和你说的。"

"嗯，我也会认真听你倾诉的。"

妻子轻轻地靠在了我身上，我笑着，感受着她散发出的温暖。

一开始我们之前没有构建起什么话都可以说出来的关系，重复了数十次彼此让对方讨厌、让对方悲伤的过程之后，才有了现在的我们。我觉得，夫妻之间关系的构建，正需要这样一个积累的过程吧。

Chapter 10

婚

礼

2009. 10

一起畅想着十年后的未来，我们从恋人正式成为夫妇。

我们选择了登记结婚的日子作为自己的结婚纪念日。婚礼是 10 月举办的，因此，每年到了举办婚礼的日子，我们全家人一定会去举办过婚礼的那家教堂故地重游。

举办婚礼的教堂所在地，也是我们俩第一次约会的地方。每次去那里，我都有一种将自己最珍贵的东西从盒子里取出来，并久久凝视的感觉。

"在那里，我们第一次手牵着手一起吃可丽饼，你还记得吗?"

"那个是和我一起吗?我怎么不记得了?(笑)"

"哈!"

上面的对话我们每年都会重复。然而,每次这么说,都会带给我们一种新鲜感,这是多么奇妙的一件事啊。

举行婚礼那天,我抱着个子还小小的大儿子,三个人一起拍了合影。第二年,因为双胞胎的诞生,我们没有故地重游。到了第三年,大儿子个子长高了不少,站在我们中间,感觉画面平衡了许多,当时我的双肩上还扛着两个一岁的双胞胎。我们每年都坚持拍全家福,在发誓永远相爱的教堂里,以此作为家庭成长的记录。

去开拓新的旅行目的地固然很好,然而对于我们而言,还是喜欢去那些寄存着回忆的地方。

"我们差不多该再去一次八景岛海岛乐园①了吧?"

---

① 横滨八景岛海岛乐园是在八景岛上建造的游乐园,坐落于横滨湾的末端,是一个新型的游乐公园,也是日本最好的海洋馆之一。

　"啊，好主意！我现在还清晰地记得那时在那里约会的一点一滴呢，但是想不起来是什么时候去的了。结婚前还是结婚后来着?"

　"看看相册就知道啦。"

　"那时候，我们俩关系多甜蜜啊。"

　"现在关系不也很甜蜜吗? 难道只是我一个人这么觉得?"

Chapter 11

双
胞
胎
的
诞
生

2010. 10

虽然不知道统计学上的数字是什么样子，但是在我的印象里，大学入学统一考试的时候①，东京总是会下雪。在站台上等待末班车时，我一边颤抖着用围巾紧紧地包裹住下巴，一边如是想着。

七年前，我抱着成为老师的梦想，参加了大学统一考试。但是成为大学生后的我，专注的事情却不是学习，而

---

① 日本大学入学统一考试举办的时间为每年1月13日后第一个周六和周日。

是打工和音乐。最后，不得不选择了退学这条路。

退学的时候，我有一种重获自由的感觉，觉得整个世界都可以"天高任鸟飞"。但是，在我的内心深处，其实还是埋藏着一丝后悔。退学之后，我只能一边看着同龄人享受着上课、找工作等丰富多彩的大学生活，一边在公司里工作着。

但是，也许正因为如此，我才有机会遇到了妻子和大儿子。

"七年之后，你将会结婚并有儿子。"如果将这句话告诉十八岁时的我，那时的我又会如何做呢？

回家之后，妻子正躺在沙发上睡觉。过了新年后，她经常会出现"觉得肚子有点儿疼"而躺着休息的情况，听说这是不孕治疗药物的副作用引起的。我估计妻子是忍着腹痛睡着了，为了不吵醒她，我轻轻地把她抱上了床。这时候，妻子忽然睁开了眼睛。

"啊……你回来啦。对不起，我睡着了。"

"嗯嗯，我刚回来。吵醒你了，抱歉。身体感觉怎么样?"

"嗯,还是老样子。"

"这样啊,如果还是继续疼的话,医生不是让你去看看么。"

"我刚打过电话,医生让我明天过去。"

我突然有了一种不好的预感。

"卵巢过剩刺激症候群,也叫作 OHSS。因为药物的副作用造成了卵巢膨胀,进而腹中有了积水。今天马上就住院比较好。"

我的大脑仿佛一瞬间停止了思考,整个人陷入了沉默。

"到目前为止,一直没有这么严重的药物反应啊……"

我突然发现医生的眼中浮现出了一抹动摇的神色。

盯着病例看了好一会儿,医生突然说道:

"还有一种可能,说不定她是怀孕了。"

我抬起头,突然发出奇怪的"哦"的一声。

过了一阵子,我又被叫进了诊疗室。医生把产检结果一下子放在了我面前。

"果然是怀孕了。恭喜啊!"

我下意识地抬起头看着医生,医生的眼睛却从没有离开病例。

"还有,您妻子的反应过于强烈了,也许……是双胞胎也说不定……"

接下来妻子接受了更加仔细的检查。在等待的过程中,我认真思考了从明天开始的生活。家里的事情、照顾孩子的事情、工作的事情、新宝宝的事情,还有可能是双胞胎的事情。正当我呆坐着无法理清头绪之时,医生来到了我身旁。

"果然是双胞胎。在腹中的积水排出之前肯定会很痛苦,但这只是暂时的,加油克服过去吧。"

医生终于正视我的眼睛了,这让我备感安心,进而泪流满面。

我将会有一对双胞胎了。

这一刻我真的很高兴,而且是那种纯粹的高兴。我已经当了快一年的父亲了。在这一年中，我充分地享受到了教育子女的乐趣。但是，从未与新生宝宝一起生活过的我，此时还是感到了一丝紧张。

双胞胎给我带来了双倍的惊喜，同时，也给孕妇带来了双倍的负担。"您妻子的体型不算健壮，此外，请理解，这次怀孕中可能没有所谓的安定期。"助产师对我说。从那天开始，家里的门厅处就经常挂着装有妻子住院用品的书包，以备不时之需。

即使在这样的情况下，妻子也从没有一刻放下手中的家务，还是一如既往地任劳任怨。我深夜下班回家后，妻子也一如既往地对我说声"你回来啦"，并为我准备晚饭。看着面色苍白的妻子，我知道她在努力忍受着痛苦。因此，我诚心地恳求她说："夜里要好好睡觉，家务事你什么都不用担心。没有什么是离开你不能做的，我自己也可以处理好。"妻子说了声"谢谢"后开心地笑了起来，第二天依旧微笑着用一句"你回来啦"来迎接我回家。从那时候开始，我心中的不安逐渐强烈起来，每次打开家门，都害怕看到妻子已经倒在了地上。就这样，我每天都在和心中的恐惧进行着搏斗。

一转眼，妻子已经怀孕五个月了，到了一般意义上所谓的孕妇安定期。一天早上，在为大儿子准备了简单的早饭后，我走到妻子睡着的床前。

"我去上班了。今天是产检的日子吧，身体状况怎么样?"

"腹胀还是很严重，减轻腹胀的药也不太管用，今天我去向医生好好咨询一下。"

"有什么事儿马上联系我。我会随时随地保持电话畅通的。"

"谢谢。上班路上小心。"

过了正午，岳母打来了电话，一瞬间，我手心里全是汗。

"抱歉啊，你在上班吧，现在可以接电话吗?"

"嗯，发生什么事情了吗?"

"是啊，她不是一直腹胀吗，一检查，发现有一点儿出血。医生说有早产的可能性，让她这就马上住院……"

我以前也听说过怀上双胞胎的人里有不少在生孩子前就接受住院治疗的例子，但是刚怀孕五个月就住院的话也未免太早了。就这样，在距离孩子出生五个月前，妻子住进了医院，而我和大儿子，则开始了两个人相依为命的生活。

我匆匆忙忙赶到医院后，主治医生告诉我了一个让人坐立不安的现实。

"悲观地讲，妈妈与孩子随时都有可能出现危险。请牢记这点，随时保持电话畅通。"

这时候，如果不考虑到大儿子的话，我可能真的就崩溃了。万一发生了什么意外，我就只有和他两个人一起生活下去了。现在，我不仅要尽到父亲的责任，同时也要尽到母亲的责任。我觉得正是这个决定，让我的生活态度发生了改变。

我从岳父岳母那里接上大儿子，一起回到了黑着灯的家里。打开家门，我发现门厅里妻子放住院用品的地方，放着两张便笺。

这时我才知道，每次去医院检查之前，妻子都会给我和大儿子留下便笺。

"我现在去医院做检查，如果回不来的话，接下来你们要自己照顾好自己哦。"

同时，在给我的便笺上，又写着："请你照顾好爱哭鬼Satoshi，每天都要抱抱他哦。"

在给大儿子的便笺上写着："请你照顾好爱睡懒觉的爸爸，每天记得叫他起床哦。"

如果什么事儿没有就回家的话，妻子就会把这些便笺回收起来。

在妻子住院当天，我们父子俩第一次看到这些便笺，随即一起大哭了起来。

第二天早上，我比平时提前了一个小时起床。

为孩子做好便当，准备好当天在保育园的换洗衣物和必要用品后，我又认真填写了好了保育园联络簿①。我曾经有自信在工作之余将做饭、洗衣服、扫除等家务一个人全都干好，但是实际干起来，才发现真的很不容易。说实话，才干了一天我就想投降了。"家务事你什么都不用担心。"这句话我究竟是怎么想的才对妻子说了出来啊。能将工作与家务两者都操持得很好的妻子，恐怕早就看穿了如此外强中干的我了吧。

作为一个母亲，无论是否在外面有工作，都是非常孤独且极其辛苦的。在这世间的所有男性，不，也包括所有女性，特别是那些政治家们，都应该清楚地认识到这一点。此时我已经决定，将来妻子出院回家后，我也要做自己力所能及的事情，尽量减轻她的负担。

此时，我脑海中又浮现出了父亲的教诲："自己的事情

---

① 在日本，早上上保育园之前，由家长将头天晚上和当天早上孩子的身体状况、心理状况等记录好交给老师，从保育园接孩子回来时，再由老师记录好当天孩子在保育园的表现后，将联络簿交还给家长。

一定要自己做。"父亲时常这样对我说。

六岁的孩子，看起来仿佛已经可以自己照顾自己了，但是很多时候还是非常依赖妈妈的。我如果做家务的方法稍微和妈妈有点儿不一样的话，他就开始闹，晚上也会一边叫着"我要妈妈！我要妈妈！"一边哭闹着不肯睡觉。也许当时他正处于要升入小学的关键时期，新环境，加上没有母亲的生活，肯定让孩子承受了很大的压力。我虽然尽可能地减少自己的工作量，但是每天回家时也都是夜里了。从大儿子进入保育园学前班之后，我就开始拜托岳母接他回家了。如果没有岳父岳母的帮助，我真的就只有辞职一条路可以走了。

就这样，在大家的共同努力下，我们克服了一个又一个的困难。我也通过公司内聊天软件，给上司发了一条信息。

"我有些话想对您说，能占用您一点儿时间吗？"

我已经将妻子住院的事情报告给了公司。上司对接连迟到、早退、旷工的我非常关心，马上就为我挤出了时间。

妻子怀上了双胞胎并且已经住院的事情，目前妻子身体状况不是很乐观的事情，以及现在在和上了小学的大儿子两个人一起生活的事情……我把家里的情况毫无隐瞒地都向上司做了汇报。

我并没有斟酌自己的语言，只是将自己心中最真实的想法原封不动地说了出来。

"因此，万一发生了什么的话，比起工作，我都会更看重自己的家庭。如果公司不允许我做这样的选择的话，那么我只能辞职了。"

上司直视着我，首先"嗯"地点了点头。

"公司内的事情我都可以帮你，这点你可以放心。"

稍微喘了一口气，他用一句"但是"继续了自己的话。

"你自己也知道，和客户对接的工作，在不更换具体负责人的情况下，我想帮你也帮不了。你能否保证在工作中不损害公司的信用呢?"

"实在对不起，我觉得很难。在为客户服务时，如果家里一旦有什么事儿，我肯定毫不犹豫地选择优先照顾家庭。"

"这样啊，我知道了。我回去和相关部门汇报一下，你给我一点儿时间。"

三天后，我又被上司叫了过去。在这几天，我一直在上班的电车里看招聘信息。此时，我怀着些许紧张的心情打开了上司办公室的门。

"上面做了决定。"

上司是个乐观向上的人。通过他的努力，给我在公司内调了岗。

上司的话让我几乎不敢相信。在我的印象里，我所在的公司是不会允许一个家庭至上的人存在的。

经过我的这件事，我发现公司的氛围也在逐渐发生着改变。"孩子要开运动会。""要陪妻子去医院。"……因为家里的事情申请带薪休假的员工渐渐多了起来。可能也是因为社会进步的原因吧，在公司里，员工变得更容易向周围表达诉求了。

在把自己的事情对大家说了之后，我发现周围的同事家家都有本难念的经。某某部长实际上要负责照顾瘫痪在床的父母，因此每天住在父母家，上班要花费两个半小时；某某班长的妻子患有重病，要一边照顾妻子一边工作；某某员工虽然和妻子两个人都在工作，但是妻子长期在海外，他基本上是一个人在照顾孩子。就这样，公司里渐渐形成了"一方有难，八方支援"的传统。

那天，上司对我说的话我至今印象深刻。

"自己接受他人帮助后，在发现别人有难时，也要想着去帮助别人。我希望你能成为这样的员工。"

"这家公司真的很不错！"从这一刻起，我发自内心地认识到。

妻子身体状况还是一如既往地时好时坏。一天去医院看她时，护士以"今天恐怕……"为理由试图拒绝我的探病请求。当时的我，体会到了生命中最重要的人有可能失去生命时的恐怖。这种恐怖让我无法呼吸，让我泪流不止，让我有一种即使被人捂住眼睛、鼻子、嘴，也要大声地哭出来的感觉。在前往病房的电梯里，我的手心中全是汗。到了护士站，护士对我说了句"请进"，这让我松了一口气，但是眼睛里已经充满了泪水。

妻子向我轻轻挥了挥手，突然对我说道：

"你知道了吗？双胞胎的性别。"

"啊？已经知道了？"

"和Satoshi之前说的一样哦。"

"啊？Satoshi说的？"

我努力回想着大儿子说的话。

"他有说过吗？我记得他说弟弟妹妹都可以来着啊……"

我突然意识到了自己说的话。

"不会吧?!"

"什么不会吧，就是一男一女龙凤胎！Satoshi真了不起。他想同时有小弟弟小妹妹的梦想实现了哦！"

太可怕了，大儿子。

"那名字我们也定下来吧，我想了想，名字里的汉字中，有一个字要与咱们家的某个人有关联，怎么样?"

"嗯嗯，这样好! 真是个好主意! 啊，这是什么?"

妻子一边从床边拿出一个小记事本，一边对我说:

"不想和你之前的女朋友重名，把之前女朋友的名字都
告诉我。"

"啊?"

"还有汉字。"

"哈!"

我傻傻地把之前女朋友的名字都说了出来。之后，妻
子便开始一个一个地追问起来。

"为什么会和这个人交往啊?""这样啊，那为什么后来
又分手了啊?"

知道我和某位女性有特别的回忆后，她就更加刨根问
底起来。结果，一直到探病时间快结束，我才从严厉的
"审讯"中解放出来。

和妻子一起度过的时间，是我唯一能够畅快呼吸的
时间。

到了 10 月，妻子已经怀孕九个月了。在第一次的婚礼纪念日里，我一边在医院的病床边帮她剪指甲，一边商量着回家之后要五个人一起庆祝的事儿。

我在新部门的工作非常顺利。为了将失去的加班费部分弥补回来，我开始准备起公司晋级考试来。

一天，在公司里，我突然听到不知道谁的手机震动了起来，但是响了好一阵子并没有人去接。对了，回到公司后，我就开始忙，一直将手机放在书包里没有拿出来。打开书包拉链，手机画面上显示着妻子医院的名字。

我连公司电脑的电源都没关，就乘上了出租车。淅淅沥沥的秋雨，如同眼泪一般将车窗打湿。到了医院后，在去往妻子病房之前，我被叫到了主治医生的办公室。

"开始出现阵痛了，您夫人恐怕会面临早产。考虑到您夫人的身体状况，我建议实施全身麻醉，并进行剖宫产。"

"……明白。"

"血压比较高，因此手术出血量肯定也比较大。"

"……明白。"

"母子都会有万一的时候，这会是一台比较有难度的手术。"

"……那就拜托您了。"

要冷静，别慌乱！我努力冷静地回答医生的话。

下一秒，我就被有可能失去最重要之人的恐惧所侵袭了。

"拜托您了！医生，一定要帮助我太太和两个孩子！"

看着慌乱哭喊着的我，医生说了一句"我会尽全力"来安慰我之后就离开了。

妻子被送进手术室后，我不知道究竟在外面等待了多长时间。

手术室的门静静打开了，我看到护士一边摘下口罩一边朝着我走了过来。我顿时像弹簧一样站了起来。

"妈妈和孩子都很坚强！"

正在我不知道该回答些什么的时候，另外一名护士和躺在保育器中的两个孩子一起出现在了我的面前。

"很健康的男宝宝和女宝宝。接下来要去 NICU^① 观察一段时间。"

"我知道了，拜托您了!"

"妈妈还在手术室里加油呢。您就先在这里等吧。出血好像怎么也止不住。"

边说着，护士边嘎啦嘎啦地推着保育器，带着睡在里面的两个孩子离开了。

妻子的手术没有马上结束。看着悄无声息地落下的秋雨，我被一种无法用言语表达的感觉包围着。如果非要形容的话，这种感觉就好像全身被真空袋子包裹起来一样，五感几乎都失去了，只有眼泪在无声地流着，只有心脏在咚咚地跳着。思绪渐渐回到过往。

在住院期间，妻子心中的不安也在慢慢积累。虽然每次对来探病的我和大儿子都笑脸相迎，但是当探病时间快

———————————

① 新生儿重症监护室。

168

结束时，她的表情总是会阴沉下来。

有一天晚上，我下班后直接去了医院，医院内一片慌乱。

"打扰一下，426 病房的佐佐木女士，现在可以探望吗？"

"啊……现在同一间病房的孕妇出现了紧急情况……正在向急救室搬送，请稍等一下。"

我在沙发上坐了五分钟左右，病房走廊上渐渐安静了下来。

"现在可以去探望了。但是刚才的搬送，让您夫人受到了一些惊吓，请您安慰您夫人一下吧。"

走进病房，妻子强作笑容，有气无力地向我挥挥手后，我的表情马上严肃了起来。

"隔壁床的妈妈，和我一样是高血压，刚刚倒了下去……"

努力保持着笑容的妻子眼中，渐渐积满了泪水。妻子坐在床上，双手抓紧了毛巾被。当我无意识地一把抱住她后，她的泪水决堤般地涌了出来。

"我如果有一天不在了的话，Satoshi 一定会非常非常伤心的。

"因为我是 Satoshi 的妈妈，也是肚子里两个孩子的妈妈。

"我会没事儿的对吧？我一定能渡过这道难关的，对吧？

"我一定会生下两个孩子，平安地回家的对吧？

"我害怕……我真的很害怕！不会我一觉醒来就发现只剩下我一个人了吧？

"如果我真的不在了，孩子……还要拜托你照顾了。"

想到当时妻子的心中居然有如此多的不安，我的泪水无论如何也无法止住。

但是，如今我能做的，绝对不是哭泣。我深吸一口气，攥紧拳头，对自己说："没问题的！肯定不会有事儿的。"回想着当时和妻子在病房中的场景，我口中自然而然地冒出了这句话。正当我自言自语时，手术室的门打开了。

"手术结束了。"

这是我人生中最长最长的一个小时了。

这之后，从麻醉中苏醒过来的妻子握住我的手说道：
"肚子好饿啊！""你真的很坚强！辛苦了！"我边流着泪，
边笑着抚摸着她的刘海说。

一周后，在医院里，我们五口之家第一次聚在了一起。

大儿子一边抚摸着小小的双胞胎的手指，一边笑着说
"好小啊"，妻子则带着仿佛可以包容一切的微笑看着自己
冒着生命危险生下的三个孩子。聚在这里的，正是那天我
差点儿失去的最重要的亲人。

那天没有失去的笑容，我要用一生来珍惜！

这也许就是我对家庭最根本的理解吧。

Chapter 12

于是，成为一家人

每当看到《男孩子的教育方法》《女孩子的教育方法》这类书籍，我都会略感气愤。为什么不能统一成《男孩子和女孩子的教育方法》呢。就这样带着对出版社莫名其妙的埋怨，我们开始了每天忙手忙脚地抚养双胞胎的生活。夜里孩子哭泣时哄孩子的方法、擦屁股的方法以及婴儿服等，男孩儿女孩儿都不一样。关于两个孩子降生后一两个月之内的记忆，我现在基本什么都没留下。

将玩具分别给两个孩子的话，他们俩总是会去争抢其中的某一个。即使买两个同样的东西分给他们，他们也会去争抢其中的某一个。两个人基本上保持一小时一次吵架的频率，大儿子去劝架的话，三个人就会玩儿做一团，随即发展成三个人的混战。作为大人，当我准备站起来干涉一下的时候，妻子就会拉住我的手腕道："观察一会儿再说。"和妻子想象的一样，一分钟后，他们之间又会响起嘎嘎的笑声。当然，偶尔也有真的需要我去劝架的时候。

双胞胎降生后，我和大儿子两个人单独出去的机会就增加了。大儿子虽然一直想要弟弟妹妹，但是当妈妈的时间都被弟弟妹妹占据之后，他心中的寂寞与痛苦则变得溢于言表。

我虽然不能代替他妈妈，但是可以用我的方式去宠他。想到这里，我带着大儿子一起走进了游戏中心。

2011 年，我迎来了人生中的一次大危机。

为了照顾好刚出生的双胞胎与刚上小学的大儿子，妻子每天都会忙得不可开交。每天听到妻子对我说"该买这个了""该买那个了"时，我们都认识到，接下来在抚养子女上的支出将会变得更大。

这时候，我从进入公司开始就一直跟进的那个十亿日元规模的大项目也突然没有了。

公司开始了结构重组，陆续出现了辞职的人。当时我也不知道能不能就这样留在公司里。忙于处理项目残留事务的我，被工作折磨得逐渐开始出现神经衰弱的症状。最后，我虽然还不至于离职，但是却被降了薪。在大部分日本企业里，基本工资都会与年龄挂钩。对于25岁左右就已经有了三个孩子的我，生活就基本只能靠加班费维持了。但是，当时家里的情况又不允许我毫无顾忌地加班。

面对大幅度降低的工资，为了改善现状，我早早参加了公司的晋级考试。升职后的我，虽然工资涨了一些，但是为了更好地工作，又不得不拿出时间来应酬新的工作伙伴。当时，家里的钱是由我来管着的，因此从某种程度上讲还算自由。渐渐地，我的交际费在家庭支出中所占的比重越来越高。为了能同时能照顾好家庭和工作，我当时真是拼尽了全力。

东日本大地震①，正是在那时候发生的。

万幸，在地震中，我家里所有人都没事。

但是，地震却让我遭受了更大的灾难。"3·11"地震之后，为了应付地震所带来的损失，公司进行了进一步体制改革，对员工的加班量进行了限制。改革后，虽然每天我可以按时下班和妻子一起做家务、一起照顾孩子，但是当我看到工资单的时候还是大吃了一惊。我每个月到手的钱只有不到十六万日元②了。

现实逼迫我必须努力。如果要跳槽的话，也很难保证能拿到比现在更多的工资。我甚至认真考虑过搬回老家冲绳③去。一天，我突然想到，自己可以以目前的工作为主，

---

① 东日本大地震，也称"3·11"日本地震，指的是当地时间2011年3月11日14：46（北京时间13：46）发生在日本东北部太平洋海域（日本称此处为"三陆冲"）的强烈地震。

② 按照2011年时的日元对人民币的汇率，约合人民币12000元。而日本25—30岁的年轻人平均每个月的到手工资大约为28万日元。

③ 冲绳作为日本GDP最低的县，物价明显低于东京。

同时干点儿副业什么的。IT 领域是我所擅长的，我可以写写这方面的网络新闻什么的。于是，我开始漫无目的地寻找起自己能干的副业来。

最后，我发现还是搬家和大型活动运营方面的临时工最适合我。我在学生时代有过相关经验，又可以利用工作日的晚上和周六日工作，工资也不低。

在工作日，我下班后就直奔打工的地方，按小时赚取工资。周末则一天工作八个小时以上，按天拿工资。我手中的武器，只有"年轻"二字。即使这样，我还是每天被肌肉酸痛折磨着，脸上的黑眼圈从未消退过。彻夜从事着体力劳动，任由朝阳的光芒渗入眼睛。此时的我，会被内心中突然涌起的"啊啊……好想喝啤酒啊"的欲望所支配。一口气喝干一罐啤酒后，拖着疲惫的身躯走在回家的路上，身穿笔挺的西服上班族英姿飒爽地从我身旁走过。看看他们，再看看自己沾满污垢的工作和邋遢的胡子，我不禁悲叹："自己到底是在干些什么事儿啊！"

走到家门口，我整理了一下自己的衣服，用手揉了揉脸上僵硬的肌肉，打开了家门。

"我回来啦!"

这关乎一个男人的尊严问题。作为一家的支柱，我有义务去守护妻子与孩子们的笑颜。为此，再难我也要出去挣钱。所有事情都自己扛，这恐怕既是我的优点，也是我的缺点吧。

迷迷糊糊地坐在早上上班的电车里，我在 LINE 上收到了妻子发来的信息。

"爸爸，你早上的脸色真的很难看哦。"

哈? 正当我觉得不可思议时，她的信息又发了过来。

"Satoshi 是这么说的。"

今天早上我确实是阴沉着脸吃过早餐后，甩下一句"我去上班了"就出了门。

"抱歉! 这不是我本意，可能是因为太困了。"

我一边这样回着信，一边感谢着妻子的细心。

"早上为什么阴沉着脸? 这样弄得大家都不高兴!"

如果妻子要是这么说的话，我可能都不知道该如何回信了。妻子考虑到了这一点，所以换了一种方式提醒我。

11月的夜里，空气变得越来越冷。我如同往常一样，在外国艺术家露天演唱会的运营现场帮工。当我用冻得僵硬的手举起冰冷的铁柱子时，"啊"的一声，反应过来时已经来不及了，我的右手小指完全骨折了。这是我强撑着在工作之余打零工的第五个月时发生的事情。

我一边干着副业，一边在公司里拼命工作。但是，随着职位的上升，我所面对的世界也焕然一新。上司的命令、部下的需求，作为中层干部的我，都需要去考虑、去解决。当时，我还不具备能处理好这一切的能力，因此，心理状态也越来越差。与此同时，工作之外的副业已经让我的体力达到了极限，因此在本职工作中也就频频出现问题，这就让我的身心更加憔悴。当时的我，真的是陷入了一个恶性循环之中。

现在回想起来，当时的手指骨折，可能是老天爷想让我休息一下的缘故吧。也许老天爷是想告诉我，让自己的身心稍微休息一下，认真考虑一下今后的事情吧，目前为止的工作方式，肯定行不通的。

在为时一个月的病休后，我也不得不减少副业的工作量了。随着副业收入减少，我们的生活费也变得捉襟见肘。钱不够只能去借，但是对于没有亲人可以依靠的我来说，这种事又能拜托谁呢？当初离开父母家时，我可是决定有任何困难都自己扛的啊。

每次的钱都只差那么一点儿。我们家在生活上从来没有铺张浪费过，我们需要的仅仅是能让孩子健康苗壮成长的最低限度的钱。因此，我觉得借钱的话很快就可以还上。这些钱并不是我流着汗水挣来的，而是机器吐出来的。我把机器吐出来的钱放入钱包，回家后拿给妻子，问道："这个月这些钱够不够？""谢谢。"妻子边说着边双手接过钱。妻子充满安心和尊敬的目光，照得我的脸火辣辣地疼。

"我会多还一些钱的。"正因为有这样的约定，机器才会无条件地吐出钱来给我。但是，等我反应过来，发现自己已经陷入了绝境。

公司的上司、客户、其他部门的人、自己部门的晚辈，还有信用卡公司的人，我在各种各样的人面前不断鞠躬道歉。但是，自己的困难无论如何我也无法和家里人去讲。这样持续下去真的好吗？这样真的可以给家人带来幸福吗？站在电车的站台上，我突然想，如果就这样从这个世界上消失，恐怕会轻松很多吧。当时，我已经被逼到了这种地步。

这时的困境，勾起了我一些往日的回忆。

那是高中时代，器乐团的恩师突然因病去世的时候。

那是同班同学因为摩托车事故而离开我们的时候。

那是一起打零工的朋友在电话里对我说了一句"下次，能不能好好听我说说话"后，第二天就自杀了的时候。

这些不能用一句"还有明天呢"就敷衍过去的事情，每件都曾经让我哭过整整一个晚上。

我不能让我的家人也品尝到我那时的悲伤。

正当我难受之时，命中注定般收到了妻子的 LINE 信息。

"辛苦啦。周末我们一起出去散散心吧。一家人一起好好过个周末。"

妻子就好像有超能力似的，每时每刻都能精确地把握到我的脑电波。

再这么一个人扛下去，肯定是不行的了。

我终于觉悟了，把所有事情都告诉了妻子。

"为什么一开始不跟我说啊，不能挣钱你觉得很丢人吗？"

妻子真的生气了，但此时的她却完全面无表情。这样的她我还是第一次见到，此时此刻，我深深地感到了一种危机感。这是我们结婚第三个年头的 6 月的一个夜晚。

"我并没有想让你借钱来养我！"

"……嗯。"

"我吃惊的是你有这么多事情瞒着我，你知道吧？我们夫妇两个人手拉着手，才能算作是一个'家庭'，难道不是吗?!"

"……嗯。"

"我有时纳闷儿这钱是从哪里来的。"

"……嗯。"

"对了,信用卡公司还给咱们家打过电话呢。"

"……嗯。"

"我也有我的不对,没有早早察觉到这件事。"

"没有没有,虽然沦落到这种地步,我还是想和你一起生活下去的。"

"但是,为了一起生活,沦落到借钱的地步,话不是这么说的吧!"

第二天我下班回家后,发现妻子和孩子们已经不在了。

"我想回自己家过上一段时间,给我点儿时间让我冷静一下吧。"

我看到了妻子留在桌子上的便笺。

即使到了这样的时候,妻子还是用漂亮的便笺纸写下了漂亮的字,这让我对她更加怜爱了。

在空无一人的家中，我把灯都打开了，这样，多少能缓解一下我的孤独。

话说回来，小学时代，我也是这样在家中等待母亲回来的。当时我父母都在上班，两个高中生的姐姐也都忙于社团活动和打零工。我当时就是人们常说的"钥匙孩子"①。傍晚母亲回来后，我能明显感觉到家里的温度"呼"地一下上升了。

母亲每天都会把当天所遇到的事情对我说。

"今天我在收银的时候，一个跟着母亲来的小孩子，一直在跟我说话。这让我想起了小时候的你们。"

"我们店长心眼儿特别坏，平时都在办公室里待着，但是偶尔也会来柜台里转悠，大家都讨厌他。"

母亲高兴的时候就会哈哈大笑，生气的时候则会毫无顾忌地大发脾气。她的性格就像太阳一样，让家人自然而

---

① 日本社会所谓的"钥匙孩子"是指父母等家人都很忙，自己拿着钥匙开门回家的孩子。

然地聚集到她周围。现在回想起来，母亲和姐姐们每天都会在客厅里说上好一会儿话。每天，都有人或大笑，或哭泣，或愤怒。母亲或流露出疲倦的表情，或流出兴奋的表情，在发现一家便宜超市时还会流露得意的表情。姐姐们则时常谈论着自己男朋友的话题。那时候，我认识到，人啊，特别是女人呢，不管心情好还是不好，这背后都是有着不为人知的原因啊。

在我们的人生中，不如意事常八九，是抱着"太辛苦了"的心情去生活，还是抱着"真快乐啊"的心情去生活，这个选择权属于我们自己。因此，每天抱着"真快乐啊"的心情去生活不好吗？如果遇到难过的事情，就去和家人商量吧，这样的话，就会发现第二天的太阳依旧温暖明亮。

这恐怕就是母亲留给我的宝贵财富吧。

"双胞胎到了两岁就托付给保育园，然后我也出去工作。"最后，妻子做了这样的决定后回到了家。之后，我又去和岳父岳母道了歉，终于阻止了事情朝着最坏的方向发展。

妻子回家后马上就去了区役所，回来时却垂头丧气。也难怪，当时正处在母亲们在社会上大声呼吁"保育园太少，孩子进不去保育园"的时期。

"特别是一两岁的孩子，一家保育园能空出一个位子就不错了。人家明确地对我说了，两个孩子一起入园，想都不要想了。"

在申请保育园的同时，妻子也开始找一些可以在家里干的工作。最后，她利用自己心灵手巧的优势，开始干一些给朋友做指甲的事，并自己做了一些手工饰品在网上卖。妻子踏踏实实地开始干一些力所能及的事情，这让我也终于能挺直了自己的腰板儿。

我之前仗着年轻，在工作之余开始干一些副业，但是这样的工作方式和强度并不适合我。经过反省，我也决定找一些真正适合自己干的事情，踏踏实实地工作挣钱。通过不断试错，我终于在公司内部找到了机会。如同在本职工作中开辟一个小小的副业一样，我倡导成立了一个新事业部门，我凭借自己年轻的优势，开始为公司提供"只有年轻人才有的"新主意，并借此打开了一片新天地。

满树盛开的樱花被淅淅沥沥的小雨打湿了。

"好不容易等到一个晴天……"妻子抱怨的声音很快就被穿着新制服的双胞胎的吵闹声所湮没了。

连续两年都没有等到进入保育园的机会，两个孩子最后选择去了附近的幼稚园①。就学支援金、育儿补助金等，孩子越多，地方政府给的补助也越多，这点真是帮了我们的大忙。

我在公司工作也还顺利，工作到末班车时间的日子逐渐增多了，当然，加班费也跟着增多了。

"我们走吧！"

我拉着家人的手，走在樱花树下的小路上。

凉丝丝的空气，以及对未来生活的希望，让我们全家

---

① 相比于幼稚园，保育园每天照顾的时间比较长，周六也可以利用，因此父母因为工作无法照顾孩子的时候，一般会选择保育园。

人的脸上都洋溢着如同樱花般的粉色。

一天深夜，在家人都熟睡后，我开始在 Twitter 上记录家庭的点点滴滴。

不会涨粉也没事，我只是把 Twitter 当作记录家庭中发生的琐事，以及自己对妻子的爱的一个备忘录而已。直到今天为止，我仍然记得第一次写 Twitter 时的心情。而且，突然想起当时心情的时候越来越多了。

让人意想不到的是，我这样的一个普通人的 Twitter，居然得到了广大粉丝发自内心的认同与关注。

有一天晚上，我回到家中，看到家人的样子，从心底里感到了一种幸福。为了让自己牢记当天的感受，我直接就发了 Twitter。

"看到妻子和女儿亲密地睡在一起的样子突然觉得好可爱，我想都没想就抚摸了一下妻子的头发，没想到妻子在梦中顺势就摸了摸女儿的头发，女儿呢，则开始抚摸抱着的兔子娃娃。我被这种终极的可爱完全治愈了。儿子们挤在一起，露着小肚皮呼噜呼噜地睡着的样子也好可爱。这里没有我睡觉的地方了。"

2014 年 6 月 11 日 1：07

当天，网友发来评论的通知声不绝于耳。

我即使把和妻子的 LINE 聊天画面截图，或者"全家一起去了×××!"的照片发在 Twitter 上，也会得到广大粉丝的呼应。

"谢谢您分享了自己的幸福给我们。"

是啊，不管因为什么，只要是能感到幸福就好。

深夜，终于从公司出来了，末班车已经开走了。

在出租车上，我用 LINE 发信息给妻子："我现在回家。"当然，信息没有被显示为"已阅读"状态①。"嗯，这么晚了，也应该是睡了……"

打开家门，迎接我的是一个小小的光亮。桌子上点着

_____

① 在 LINE 里，自己发出的信息如果对方查看了的话，会在信息下面显示"已阅读"。

一盏小灯，旁边放着留给我的晚饭和一张深粉色的便笺。

"加班到这么晚辛苦啦。今天 Satoshi 特别努力哦。明天是盼望已久的周六，大家都说想去 Costco①。工作到这么晚一定很辛苦，但还是希望明天你能早起，和我们大家一起去。"

妻子给我留言的字条儿，有时使用名片大小的便笺纸，有时是将活页纸叠成小背心儿的形状放在那里。在特别的日子里，则会用漂亮的信纸。

但是不管什么时候，上面总会写上慰劳我的话。

"工作辛苦啦！""谢谢你！"

看到这些便笺，我会感到一种和收到 LINE 信息时不同的喜悦。在半夜空无一人的客厅里，我也被来自家庭的幸福所包围着。

第二天早上，我特地去感谢了妻子。

"对于我来说，在 LINE 上看到你给我留言说'我现在

_____

① Costco 是日本大型会员制仓储商店。

回家'时是最开心的。"

"啊？是吗？"

"虽然不能回来，但是你不是也会在 LINE 上跟我说'真想回家'吗，这也让我很高兴呢。"

在孩子们的运动会结束时，妻子生病倒下了。

"如果只是因为疲劳的缘故就好了……"妻子说着，从钱包中取出妇产科的病历卡，拿出手机边按着号码边走进了隔壁的房间。

我此时仿佛旧伤复发似的，心中的不安再次涌现出来。妻子的身体一直是我无法释怀的事情。

看到妻子回来了，我马上问："医院预约上了吗？什么时候去？"

我用手机查了查公司的日程表，直接就申请了"上午半天休息"。

在从医院回来的路上，我和妻子两个人一边散步一边聊天，这是久违了的生活。

"真让人吃惊呢。"

"是啊，但是其实我已经感觉到了。"

"是嘛，果然母亲是最敏感的了。"

"最近……我也担心是不是一些妇科疾病呢。"

"我也一直考虑这个方面来着。"

"治疗不孕的时候，双胞胎降生的时候，我真的考虑了很多很多呢……啊！"

"……啊！"

"这么说来，这次没有接受不孕治疗也怀上了啊。"

我们俩异口同声地惊讶了起来。加上第四个孩子即将出生的喜悦，我俩大声地笑了起来。

"那，我们怎么办呢？"妻子边用小指擦拭掉笑出的眼泪边问我。

"啊？"

"孩子也可以打掉的。"

"我从来没有这么想过。"

"太好了。"

"那么，我们去领《母子手册》① 吧。这样的事不尽早办可不行。"

"哇，你进入角色的速度可真快!"

虽然妻子这次是自然怀孕，但是我知道其中的风险也很大。12 月中旬，我和妻子同时想到了一件事。

这一年我们准备的圣诞礼物，孩子们一定永生难忘。

圣诞节的早晨，我对正在拆自己礼物包装的孩子们说：

"这里还有一份大礼物准备给你们哦。"

"啊？在哪儿呢?"

我做出一副严肃的样子说道：

"在妈妈的肚子里!"

对于第四位兄弟的到来，孩子们通过大声地欢呼向我

---

① 在日本，女性怀孕后必须马上向所在地区的政府提出申请，并领取《母子手册》。

们送来祝福。看着喜极而泣的女儿，妻子高兴地一把抱起了她。

妻子的预产期在 6 月初，和上次一样，她的腹胀很厉害。同时因为担心高血压等问题，妻子 4 月中旬就住进了医院。

在双胞胎出生时只有六岁，经常和我们一起哭泣的大儿子，现在已经十二岁了，在家里很好地扮演了母亲的角色。

在我被工作逼得手忙脚乱之时，孩子们每时每刻都在成长。真是一天变一个样子。

看着大儿子的背影，我悄悄地流下了眼泪。

5 月中旬，妻子嘀咕道：

"我估计差不多了……"

我的心开始怦怦地跳着，自己仿佛都能听到自己的心跳声似的。

虽然比预产期要早，但是主治医生还是马上做了接生准备。

和双胞胎出生时一样，这次也选择了剖宫产。

"你们有没有希望的日子？周末是不是会好一些？"

我稍稍想了想，觉得还是找一个孩子们都上学的日子
比较好。

"不用了，工作日就可以。"

在剖宫产手术的前一天，我担心得整日无法入眠，但
最后，却只是杞人忧天而已。整个手术非常顺利，母子都
令人惊讶般的平安与健康。

手术后，我比妻子早一刻用双手抱起了小婴儿。

"我一直在等着你呢。我是你的爸爸哦。你将成为我们
六口之家中的一员。"

Chapter 13

妻子的视角

那一天。

在前往公司聚会的路上，同事对我说：

"××部门的宫里君说是也会来，就是会晚一些。"

啊，我有点儿印象，就是那个新员工啊。

我还记得，我对当时迟到了的他说了一句"工作辛苦啦！""啊，您也辛苦啦！"从他的回答中我可以感受到他的疲倦，估计是刚熬了夜。

初次见面的寒暄过后，我边对他说"先来喝一杯吧"，边和大家一起干了杯。

迟来的他，可能是因为疲惫的缘故吧，好像很难融入到聚会的氛围中去。

"工作，没有问题吧?"听到我的问候，他的表情明显变得开朗了起来。

"月底有人辞职，剩下好多工作需要我来做。"他开始和我聊了起来。

一聊天，我发现他是一个非常容易亲近，而且非常健谈的人。他不光是自己能说，同时也非常善于聆听我说话。怎么说呢，总之我感觉他是一位非常不错的男士。

在回家的电车上，我想起了他的事。他当天喝了不少酒，能顺利回家吗?第二天我问问好了。从那时开始，我的心中已经有了他的位置。

我和他所在的办公区域不一样，因此不能只寄希望于公司内的偶遇。因此，我就在公司内聊天软件上添加他为好友。昨天晚上喝了那么多，第二天居然没有宿醉，当时我觉得他应该非常喜欢喝酒吧。

　　通过文字和他聊了一段时间后，我心中产生了一种奇妙的感情。

　　能通过声音和他交流就好了，见面的话，应该会有更多的话题聊吧。

　　所以，我邀请他一起共进午餐。

　　但是，我们所在的是一家大公司，每个部门午休的时间都不一样。我所在的部门是从 12 点 10 分开始午休，而他部门的午休时间则是从 11 点 50 分开始的。

　　"没问题！我配合你的时间！"他干脆地回答道。

　　第一次的午餐并非只有我们两个人参加，但是看到他盯着我眼睛说话的样子，我还是很感动。在回公司的路上，我在公司大门口的台阶上差点儿滑倒，他一下子就上来扶住了我，这点也在我心中加分不少。我为了隐藏自己的害羞，问他道："喂，你身高多少啊？""那个，一米七五。"他回答道。原来比我高了十六厘米啊。

　　从那件事开始，只要一有台阶，他就会提醒我"小心点儿"，直到认识了有 10 年的今天，也是如此。

当我们开始两个人共进午餐的时候，我心中那种奇妙的感觉就变得更加强烈了。虽然每次午餐的时间都非常短暂，但是我们俩总是有说不完的话。我当时想，要是有更多更多的时间，能和他畅快淋漓地聊天就好了。

但是，因为每天要去保育园接孩子，所以晚上我们是无法见面的。

在正式和他交往之后，我才将他的事告诉了孩子。一开始，并没有跟孩子说他是我男朋友。

"妈妈公司的朋友，说想和你一起玩儿，你同意吗?"我问孩子。

当时4岁的孩子高兴地说："嗯，好啊! 哇!"看到孩子天真无邪的笑脸，我感到了些许安心。如果和他分手的话，我也应该能够忘记他的存在吧。

正当我还不知道什么时候应该把他的事告诉我父母时，保育园的老师已经问了我的父母："那位是孩子的新爸爸吗?"我有些后悔让他去接送孩子了，但是已经来不及了。

我决定正面回答父母的问题。

"那人是我现在正在交往的对象。他经常会和孩子一起出去玩。"

父母没有马上回应我的话。他们的反应也在我的意料之中。他们并没有斥责我，而是让我好好考虑一下孩子的心情。能看得出来，他们还是非常担心的。我想，如果他们看到我男朋友的为人的话，肯定就不会再担心了，这点自信我还是有的。

他经常会为我们安排周末的计划，而且每次都是以孩子为中心，同时会照顾到季节的变化和当下的传统节日等。这点让我非常开心，总是盼着和他与孩子三个人一起共度周末。

他很喜欢在外面喝酒，晚上，也非常享受在我家里喝酒的时间。为了能和他一起喝我喜欢的鸡尾酒，我总是在家里放上一瓶利口酒。每每看到家里放着的酒，我就会感到无比地幸福。

但是，当结婚这件事摆在眼前时，我心中还是充满了无尽的不安。

最大的不安来自他父母对我的拒绝。我曾在他父母家的附近等着见二老，可是却被临时放了鸽子。与他的婚姻，恐怕会波澜万丈吧。我当时被一种深不见底的不安所笼罩了。

每次与他吵架，我都会有一种不安，担心是不是即使这样结婚了，将来也会离婚。

关于孩子，我也非常不安。如果结婚的话，孩子就要跟他的姓。如果这样会让孩子痛苦的话要怎么办呢？随着孩子年龄的增长，如果和他合不来怎么办呢？"我要真正的爸爸。"如果孩子这么说可怎么办呢？

我也考虑过比我小六岁的他的未来。和我结婚的话会不会是对他的一种束缚呢？他也有选择与同龄的没结过婚的女孩儿结婚、享受普通幸福的自由啊。

与此同时，大儿子是我接受了不孕治疗后生下的，将来，我有可能再也无法怀孕了也说不定。如果我将孩子放在第一位的话，就无法和他生下新的孩子，无法去迎接新的生活。

我心中越重视他，对婚姻的不安也就越强烈。

但是，他总是将我的不安一一认真地承受了过去。"这样也没问题。"他总是如此这般地包容着我。

孩子也整天乐呵呵的。

我父母也对我说："和他结婚的话不是挺好吗？如果想生新宝宝的话，我们会帮忙的哦。"

正是大家的努力，才消除了我心中的不安。

很多人问我夫妻和睦的秘诀是什么。如果世上真的有这种东西，我可能是第一个想去学学的人。

我和他之间有什么就说什么，也会经常吵架。但即使觉得疲惫，即使觉得麻烦，我们在吵架之后也会一起去研究引发矛盾的原因，并在之后和好如初。在和他结婚前，我非常不善于把自己心中的不满与不安表达出来。但是现在，即使花上一些时间，我也会去和他交流，因为我知道，不需要我自己承受，只要我和他说，他就会去理解我，去包容我。

我其实并没有特别花心思去讨他的欢心。充其量也就是做一顿他喜欢吃的晚餐，为他准备一瓶稀有的啤酒而已。相应的，我这么做，他也会在回家时给我带回小礼物。

我并没有刻意去追求什么理想的夫妻关系，也不想成为自己父母那样的夫妻。我觉得，与其去参考别人的生活，不如去专心营造属于自己的家庭。

"即使结了婚，也要将恋爱进行下去。"

这是他对我说的至理名言。

如果我们的经验，能对那些考虑结婚的情侣，特别是对那些带着孩子再婚的家庭有所帮助的话，那么，我将感到无比荣幸。

Shin5

作为东京市内的一名公司职员，因为无意间开始在推特上发布自己和妻子以及三个孩子的日常生活，被网友当作理想中的婚姻生活榜样而一举成名。他在推特上记录的自己对妻子的爱情作为"真实存在"的婚姻生活，2016被改编为漫画《婚后之恋》出版（KADOKAWA出版社）。此外，还有《写给身旁的你，你能永远和我在一起吗》（KADOKAWA出版社）、《我的针并不会痛》（ASA出版社）等著作问世。

现在与深爱着的妻子和四个孩子，以及三只小刺猬一起生活。

shin5（@shin5mt）